ベリーズ文庫

愛を秘めた外交官とのお見合い婚は甘くて熱くて焦れったい

Yabe

STARTS
スターツ出版株式会社

目次

愛を秘めた外交官とのお見合い婚は
甘くて熱くて焦れったい

プロローグ

「見合いをしてみないか？」

「は？」

父の唐突な提案に気の抜けた声が出る。

「いやあ、なあ。小春《こはる》も年頃なのに、店の手伝いばかりでは出会いもないだろ？」

私は父が経営する居酒屋『紅葉亭《こうようてい》』で働いている。

たしかに出会いはないものの、仕事は大好きだし心配しなくても大丈夫だと自信を持って言い返したい。けれど、残念ながら私には一度も恋人がいたことがない。

「天国の母さんも、小春の将来を気にしていると思うんだ」

亡くなった母をここで持ち出すのはずるい。

結婚なんてまだ考えてもおらず、お見合いなど必要ないのに拒否しづらくなった。

「会ってみるだけでいいんだ」

「……本当に？」

顔を合わせてしまえば、勝手に話が進んでしまうのではないか。

「大丈夫だ。小春がどうしても受け入れられなかったら、父さんの方からきちんと断っておくから」

父を信じていないわけではないが、その気もないのに出向くなんて相手に失礼だ。

「もちろん当日は父さんも付き添うし、小春が嫌ならふたりきりにするような真似もしない」

それは心強い。だけど……。

頭をよぎったのは、ひそかに想いを寄せている高辻《たかつじ》千隼《ちはや》さんのことだった。

彼は父の友人の息子で、たまにお店へ来てくれる。

気軽に話をする仲ではあるけれど、千隼さんの方に私に対する恋愛感情などは感じられない。だから、たとえ告白してもいい返事はもらえないだろう。

今の関係を崩したくない。とはいえずっと片想いでいるのも、いずれしんどく感じるかもしれない。千隼さんがもしほかの女性と一緒にいるところを見てしまったら、私はこれまで通りでいられるだろうか。

一歩踏み出しもせず逃げ腰になるなんて情けないのに、どうしても動けずにいた。

好きな人をあきらめるためにお見合いを利用するなんて失礼な話だが、これもいいきっかけなのかもしれない。

「相手はどんな人なの？」

「詳しいことは秘密だ」

私が興味を持ったと感じたのか、父があからさまにうれしそうな顔になる。

「ああ、悪い人ではないから心配はいらない」

本当に信じていい話なのか疑いの目を向けると、慌ててそう付け加えた。

「わかった。会ってみるから」

安堵した父を横目に嘆息する。

こんな中途半端な私など、向こうから断られるに違いない。

「そうと決まれば、小春。服を新調しよう。父さんから言いだした話だから、好きなのを買ってやるぞ」

私が承諾するとがぜん張りきりだした父に釈然としないものを感じつつ、「ありがとう」とうなずいた。


当日になり、着飾って約束の料亭へ父と向かう。

格式高い豪華な建物を目にした途端に、やっぱりやめておけばよかったと遅すぎる後悔に襲われた。

今さら引き返すわけにもいかず、重い足取りで父の後に続く。

「待たせたか」

予約していた部屋へ入り、なぜか父は親しげな口調で声をかけた。

どういうことかと訝《いぶか》しく思いながら私も足を踏み入れる。

「え？」

視線を上げたその先に、まさか私の想い人である千隼さんが待っているなんてまったく想像していなかった。

戸惑う私に気にも留めないで、「今さらだが」と前置きをした父らがお互いの紹介をしはじめる。その間、千隼さんは感情の読めない顔をしていた。

ようやく彼が私の見合い相手だとのみ込めたところで、恐る恐る言葉を発した。

「あ、あの。千隼さんは、結婚願望があるんですか？」

まさしく彼はお見合いに臨んでいるというのに、緊張のあまりこんな質問を口走ってしまった。

「まあ、そうですね」

紅葉亭で顔を合わせるときには気軽に話していたのに、今日の彼は表情を強張らせており、よそよそしさを感じる。

千隼さんにとっては不本意なお見合いだったのだろうか。この場に足を運んだのは、父親同士の関係に配慮したからかもしれない。

「もともと、ふたりは相性がよさそうだったしな」

「年齢もちょうどいい」

すっかりリラックスしきっている父らの会話に気まずくなる。

私は二十六歳で千隼さんはたしか三十一歳だから、たしかに釣り合いは取れているだろう。

でも見た目も素敵で外交官という職に就いている彼なら、引く手あまたなはず。

それに対して私はいかにも平凡だ。

セミロングの黒髪は、仕事の邪魔にならないようにいつもポニーテールにしている。楽だからとついプライベートでも同じ髪形にしがちで、女性らしい華やかさなど感じられないだろう。

黒目が大きくてぱっちりとした目を以前は気に入っていたけれど、大人になるにつれて涼やかな雰囲気の方が年相応だと思うようになった。

「小春さんは、結婚についてどう考えていますか?」

まっすぐに見つめられて、つい視線を泳がせた。

「私は……いつかできたらいいなと思っていますが、その、なかなか縁もなくて」

私の意思を確認した彼が、隣で談笑する父らの方を向く。お見合いがはじまって間もないのに、千隼さんはふたりで話をしたいから席をはずすようにお願いした。彼としてもそうした方が本音を話しやすいのだろう。

お断りの可能性が頭をよぎり、うつむいてテーブルの下で手をぎゅっと握る。

「突然の話で、小春さんが驚いているのはわかっている」

ふたりきりになり、千隼さんが切り出した。

「それを承知の上で、あなたに申し込みたい。小春さん。俺と結婚してほしい」

「……え？」

予想外の言葉が信じられず、驚いて目を見開いた。

彼とは親しくさせてもらっていたものの、あくまで知り合いとしてだ。私に気のあるそぶりはまったくなかったはず。

そろりと顔を上げる。

さっきまでどこか冷めた様子だった千隼さんが、真剣な眼差しで私を見つめていることに気づいてドキリとした。

「小春さんとなら、温かな家庭を築いていけると感じた。だから、俺と家族になってほしい」

千隼さんの言葉が、私の中にじわじわと浸透してくる。

好きな人からのプロポーズにときめかないわけがない。

急な話で戸惑いは大きいけれど、千隼さんが望んでくれるのなら私は受け入れたい。

「よろしく、お願いします」

なんとかそう応えた私に、千隼さんはゆっくりとうなずき返した。

それから話はとんとん拍子に進み、お見合いから三カ月が経った頃に私たちは夫婦となった。

お見合い夫婦の距離感

「小春、体に気をつけて。絶対に、幸せになるんだぞ」

空港の一角で、家族との別れを惜しむ。

流れる涙を隠しもせずはなをすすりながら私を抱きしめてくる父の背に、そっと片方の腕を回した。

今日この場には、私と夫の千隼さんの旅立ちを見送るために、お互いの父親が来てくれている。

それから、普段はおいしい日本酒を求めて日本中を旅する気ままな生活をしている、私の祖父も駆けつけてくれた。

厳格な祖父は、息子である父が顔をぐしゃぐしゃにした様子にあきれているようだが、それでもとがめはしない。

「うん。お父さんもね、元気でいてよ。それから、洗濯も掃除も後回しにしないで。お父さんったら、気を抜くといつもため込んじゃうんだから」

声を震わせながら、それでも普段通りの明るさを心がけて返す。お小言でも口にしていないと、途端に寂しさにのみ込まれそうだ。

こらえきれずにジワリと滲んだ涙は、こぼれる前に父の服にこっそり押しつけておいた。

私たち親子の結びつきは、もしかしたら一般的な関係より強いかもしれない。

それは、私が中学生のときに母が他界したことが大きく影響している。

母が病を患っていると判明したのをきっかけに、私たち家族は祖父のもとに身を寄せた。

ひとり暮らしをしていた祖父は、自宅からほど近い場所で紅葉亭を経営していて、慣れた自身のペースを乱されたくなかっただろうに私たちを快く受け入れてくれた。

外交官として働いていた父は、母が寝込みがちになった頃に退職を決めている。それから、祖父の後継者として修業をはじめた。

祖父によれば父は高校生の頃まで店を継ぐ気でいたようで、料理の勉強をきちんとしていた。けれど母に恋をしていつか結婚すると決意してからというもの、安定した暮らしをさせてやりたい一心で、一念発起して国家公務員になると方針転換している。

そんな経緯もあって料理人としては遅いスタートになった父だが、もとから料理センスは抜群な上に凝り性な性格もあり、短期間でめきめきと力をつけていった。

常連客に『ようやく大将に並ぶ腕前になったな』と言われるまでになり、祖父は引退を決めた。

以来、完全に店を任された父は、外交官時代よりも生き生きと働いている。その姿に、周囲はこれが父の天職だったのだろうと温かく見守ってくれた。

少しでも助けになればと、私も高校生になった頃から店の手伝いをしてきた。

卒業後はもっと外の世界を知るべきだという父の強い勧めで大学に進学したが、結局、私の就職先は紅葉亭だ。

そうやって私たち家族は、仕事も私生活も三人で支え合って暮らしてきた。

泣き顔を見せたくなくてギリギリのところで持ちこたえてはいるものの、寂しいのは私も同じだ。

ただ、それにしても父の抱擁は長い。そして、感情表現がストレートすぎる。

片隅にいるとはいえ、人影がまったくないわけではない。周囲の目も気になるところで、複雑な心境になった。

小さく体をよじりながら隣の千隼さんをそろりとうかがうと、それに気づいた彼が苦笑を返してくる。

千隼さんとは、以前から顔見知りの仲だった。それが今では夫婦という関係にあるのだから、つくづく人生はわからない。

『二十五歳でもう嫁いでいくなんて……』

私の結婚が早すぎると、父は事あるごとにぼやく。なんならここへ来るまでの間も愚痴をこぼしていたくらいだ。そもそも彼との縁談を勧めてきたのは父の方だという事実を、完全に忘れていないだろうか。

世間一般に言われる、娘を嫁がせる父親の心境はわからなくもない。私を思いやる父の気持ちは本当にうれしい。けれど、それには時と場を考えるべきだと言いたい。

なにも今生の別れというわけではないのだから、そろそろ泣きやんでもいいんじゃないかと父の背を優しく叩いた。

まあ、父がこれほどの反応を見せるのも理解はできる。

私たち夫婦はこれから新婚旅行に行く……というわけではなく、外交官として働く千隼さんについて、新たな勤務地となるベルギーへと向かうのだ。

この海外赴任はあらかじめわかっていた話で、私も父もそれを承知している。年単位の勤務になるのは確実だろうし、彼の多忙さを考慮すると帰国もままならないかもしれない。

今までずっと一緒に暮らしてきた父娘が離れ離れになり、しかも簡単に会えない遠距離で暮らす。さすがに親離れ・子離れはできているつもりだが、やはり不安や寂しさがつきまとう。

「たくさんメッセージを送るし、電話もかけるね。お父さんも返してくれると私も安心できるから」

少しでも慰めになればと、結婚が決まって以来、幾度も繰り返してきた言葉をあらためて父に伝えた。

「ああ、そうしてくれると父さんも安心だ」

外交官としては千隼さんの先輩でもある父は、その職務の大変さも帯同する家族の苦労も十分に理解している。だから私たちの門出を祝福しつつも、慣れない海外で新婚生活をスタートさせることを心から案じてくれているのだ。

同じように、私も残していく父らを心配している。

仕事に関しては信頼できる父だが、生活面では少しルーズなところがある。これまでは私が支えてきたけれど、今後はすべて自分でやってもらわなければならない。

本当に大丈夫だろうかと不安は尽きず、助けを求めるようにこっそり祖父に視線を送る。目の合った祖父がしっかりうなずき返してくれるのを見てほっとしたのは、父には秘密だ。

ようやく体を離した父は雑に涙を拭い、私の横に立つ千隼さんに視線を向けた。

「千隼君。小春のことを頼んだよ」

彼の手を両手で握った父が、真剣な表情と口調で訴える。

隣の彼を、遠慮がちに仰ぎ見た。

夫となった千隼さんは、私よりも六歳年上の落ち着いた男性だ。女性としては平均的な身長の私でも見上げるほど背が高い。

目鼻立ちがはっきりした端正な容姿をしており、彼はいつだって周囲の視線を集めている。ここへ来る間にも、すれ違いざまに彼を二度見する女性が何人かいたほどだ。

長旅のため、今はデニムのズボンにラフなジャケットを羽織った過ごしやすい服装をしている千隼さんだが、普段はしわひとつないスーツをピシッと着こなしている。

お見合いの日から今日まで彼は多忙を極めていたため、顔を合わせる機会はほとんどなかった。だから私たちは、仲を深める段階を踏めていない。

私に対して千隼さんは常に紳士ではあるものの、どこか一定の距離を置かれているように感じるのは気のせいだろうか。

「任せてください。小春さんのことは、俺が必ず幸せにしますから」

黒髪を短く切りそろえた精悍な顔でそう宣言する彼を見て、ドキリと胸が跳ねる。

けれど次の瞬間には切なさに襲われた。父に向けたその言葉は、彼の本心だろうか。千隼さんは私を突き放しはしないが、心から受け入れてくれているようにはなんとなく思えなかった。

不安をかき消すように視線を泳がせた先に、千隼さんの父親の姿を捉えた。

義父の広大《こうだい》さんは文科省に勤めており、父とは学生時代からの付き合いだ。紅葉亭に若い頃から幾度となく足を運んでくれた常連客であり、私にも気安く接してくれる。千隼さんと出会ったのも紅葉亭だったと、父と彼とのやりとりを横目に懐かしむ。

父はもう何年も前に外務省を去っている。店を継いでからも広大さんとの関係は変わらず続いており、閉店後の店内で飲み明かす夜が幾度となくあった。

飲みすぎないか気がかりで、自然と私がふたりのお世話係をするようになる。広大さんをひとりで帰すのに不安を感じれば、私がタクシーを呼んであげてもいた。

あるとき『息子に迎えに来てもらおう』と、広大さんは酔っ払いの悪ノリで大学生だった千隼さんを呼び出してしまった。

しばらくしてやって来た千隼さんは、いかにも渋々といった様子で広大さんに対して不満を隠さない。

『閉店後まで居座るなんて、本当に申し訳ないです』

これが彼との初対面で、私はまだ十六歳の高校生だった。

遅い時間に呼び出されて面倒だっただろうに、年下の私に丁寧な態度を崩さない。それどころか後片づけまで手伝おうとしてくれる。

そんな千隼さんに、私は真面目な人なのだろうと好印象を抱いた。

それ以降も、なにかと千隼さんと顔を合わせるようになっていく。

『矢野《やの》父娘の仲のよさがうらやましい』

カウンターの端の席に座った広大さんは、親子で働く私たちをいつも恨めしげに見つめてくる。そして事あるごとに『うらやましい』と連呼し、自分も息子と親しい関係を築きたいと望んでいた。

その結果が千隼さんを紅葉亭に頻繁に呼び出すという、息子にとってはあまりにも迷惑な行動だった。

時には強引に席に着かせることもあり、千隼さんは文句を言いつつも結局は最後まで父親に付き合っていた。

昔を懐かしむ中に、たまに父の外交官時代の話もまじる。

当時の千隼さんはすでに外交官を目指していたため、ふたりの話に興味があったのかもしれない。

なんだかんだ言っても楽しげな三人の様子を、私は微笑ましい気持ちで眺めていた。

彼が就職してからは、さすがに店へ来る機会はなくなった。

少しちぐはぐな千隼さんたち親子のやりとりがおもしろかっただけに、それが見られないのはなんとなく残念に感じたが、日々の忙しさでそんな記憶は薄れていった。

それから数年が経ち、千隼さんがふらりと紅葉亭にやって来たときはとても驚いた。

彼との再会は、今からちょうど一年前くらいになるだろうか。

思わず以前の調子で声をかけたところ、千隼さんは自身の事情を気さくな様子で教えてくれた。

大学を卒業して外務省へと入省した彼は、数年の国内勤務を終えたのちフランスで二年間の語学研修を受けたという。その後はスイスの日本大使館で二年勤務して、ようやく帰国したのが一週間ほど前だった。

『久しぶりに、おいしい和食が食べたくなってね。それに、紅葉亭のアットホームな雰囲気が無性に懐かしくて』

少し気恥ずかしそうに話す千隼さんを、カウンター席に案内する。

彼のスーツ姿を初めて目にしたせいか、その素敵さに内心ドキドキしていた。

それから千隼さんは、客として月に何度か店に足を運んでくれるようになった。店が霞《かすみ》が関《せき》からほど近く、仕事上がりに立ち寄りやすい場所にあるのも都合がよかったのだろう。

彼はひとりで来ることが多かったが、稀に同僚を連れてくる日もある。たまに広大さんと鉢合わせたときには、執拗に絡む実父を千隼さんがぞんざいに扱っていた。でもそこには親子の情が感じられて、見ていてやはりおもしろい。

父の友人の息子さんだからと、千隼さんがひとりで来てくれたときに私からこっそり小鉢を差し入れていた。それを彼は、笑みを浮かべながら受け取ってくれた。

私のお節介は不快ではなかったようで、そんなやりとりをきっかけに少しずつ打ち解けていく。

千隼さんはそれほど口数が多いわけではなかったが、穏やかな口調がとても心地よい。それに知識も豊富で、彼から聞いた中でも私はとくにスイス国内でしか流通していないというワインに興味を抱いた。

お返しにとばかりに、私からは祖父のお薦めの日本酒を紹介する。すると彼は実際に注文して、とくに気に入ったものはそれからも繰り返し口にしていた。

千隼さんとのそんなささいなやりとりが、私の中で次第に特別なものになっていく。

今夜は来てくれるだろうか。

約束などなにもしていないのに、気づけば私は千隼さんの来店を心待ちにするようになっていた。

ひと目でもいいから彼に会いたい。そう望む自身に気づいたとき、私は千隼さんを男性として好きなのだと自覚した。

それが一方通行な想いであるのはもちろんわかっていたし、この関係を壊すのも嫌だから気持ちを告げるつもりはない。

そんな彼と、まさかお見合いをすることになるとは思いもよらなかった。

『合わないと感じたら、お断りするからね』

そう事前に何度も念を押したが、心のどこかで父の望みならば結婚を受け入れるべきだろうかとも考えていた。相手には失礼だが、あきらめのような気持ちでお見合いに臨んだ。すると自分が片想いをしている千隼さんがいたのだから、半ばパニックになりかけた。

さらにその場で彼からプロポーズされたなんて、すでに結婚しているというのにいまだに現実なのかと疑いそうになる。

ただ、気がかりだったのはあのときの彼の雰囲気がいつもと違っていたことだ。

いつもの親しみやすさは鳴りを潜めたよそよそしい千隼さんに、不本意なお見合いだったのかもしれないと感じた。それでも、彼に嫌われてはいないはずだと信じたい。

複雑な気持ちではあるものの、憧れていた人との結婚にどうしたって心は浮き立つ。

日本を発つ日が迫り、旅立つ準備をしていたある日。偶然父と広大さんの会話を耳にし、それまで少し浮かれていた私は言いようのない不安に襲われた。

『結婚も、出世の条件みたいなところがあるしな』

『まあそうだな。適齢期を過ぎても独り身でいれば、いくら優秀なやつでも人間的になにか問題があるのかと、嫌な捉え方をされかねないのも否定しない』

紅葉亭の閉店後にふたりで飲んでいたときのことだ。酔っ払い同士の会話とはいえ、実際はもっともなことかもしれない。

千隼さんには、とりあえず妻という存在が必要だったのだろうか。

広大さんによれば、多忙な彼は交際すらままならないという。自然な出会いではなく、彼はお見合いを選んだ。もしかして相手は誰でもよかったのか。その可能性に思い至って胸が苦しくなり、心の中は常にモヤモヤし続けている。

でもすでに結婚の話は進んでおり、婚姻届を提出する日も父らと相談した上で決めていた。

今さら断れるような雰囲気になくて、それなら少しでも彼とよい関係を築けるようにしようとなんとか気持ちを上向かせた。

父と千隼さんのやりとりを聞き流しながらこれまでのことを思い起こしていると、いつの間にか搭乗開始の時刻が迫っていた。

我に返って、慌てて祖父にも声をかける。

「おじいちゃん、行ってくるね」

「ああ。こっちのことは心配しないでいい。小春こそ、気をつけて行ってくるんだぞ」

「うん」

祖父と握手を交わして、それから広大さんに一歩近づく。

「おじさ……じゃなくて、お義父さん。行ってきますね」

「ようやく小春ちゃんに〝お義父さん〟って呼んでもらえる立場になったというのに、しばらくのお別れとは寂しいなあ」

茶化すように言いながら差し出された手に、自身の手を重ねる。

「なにかあれば、いつでも頼ってくれよ。千隼がかまってくれないっていう愚痴でもかまわないから、連絡をくれるとうれしい」

ウィンクをしながら広大さんはそう言う。

たしかに当面、千隼さんはさらに多忙になるだろう。それにこれまでの彼との関係を顧みれば、必ずしも冗談とは言いきれない。そうならないためにも私から彼に歩み寄るつもりでいるけれど、うまく関係を築けるだろうか。

抱える不安をごまかすようにつくり笑いを浮かべた。

「父さん、くだらないことを言わないでください」

いつの間にか隣に立っていた千隼さんに肩をぐいっと抱き寄せられ、ドキリとする。

彼としても、親には私たちの関係が円満だとアピールしておきたかったのかもしれない。

「それでは、行ってきます」

あらためて三人に向き直り、千隼さんが頭を下げた。何事もなかったかのように自然に振る舞う彼に、慌てて私も倣《なら》う。

それから名残惜しさに何度も振り返りながら、千隼さんと並んで搭乗ゲートへ向かった。

十五時間弱のフライトを経て、無事にブリュッセル空港へ到着した。

「寒い」

外に出た瞬間に思わずこぼれたひと言に、千隼さんも「本当にな」と同意する。

三月の下旬といえば、東京なら気温は十五度に達する日が増えて春らしさを感じるようになる。

それに比べて、この時期のベルギーはまだ十度を下回る日も多い。日本から来た私たちからすれば、季節が少し前に巻き戻されたように感じる。

忘れつつあった寒さのぶり返しに全身が強張った。

「ほら」

寒がる私を見かねてか、千隼さんは自身の使っていたマフラーをわざわざはずして差し出してくれた。

遠慮するのもおかしくて受け取ろうと腕を伸ばすと、渡すのではなく直接私の首に巻いてしまう。その突然の行動に驚いてピキリと固まる。

マフラーに残る温もりと彼の匂いに、頬が勝手に熱くなる。なんだか気恥ずかしくなって、ごまかすように周囲に視線を泳がせた。結婚したとはいえ、昨日まで私たちはそれぞれの家で過ごしてきた。当然まだ一緒に暮らしてはいない。だから、こんな親密なやりとりにはまったく慣れていない。

「行こうか」

まずは新居に向かう。

大使ともなれば公邸で暮らすが、それ以外の職員は官舎が用意されている国もある。そうでない場合は、指定された地区の借家に住むのが通常だ。

私たちはあらかじめ用意されていた借家で暮らす予定だが、足を運ぶのはふたりともこれが初めてになる。

タクシースタンドへ行き、予約してあった車に乗り込む。

運転手の相手をする、千隼さんの流ちょうなフランス語に耳を傾けた。

ベルギーでは、公用語が三つも存在する。地域によって使われる言語が違うのだが、中でもオランダ語の一種であるフラマン語が一番多く使用されている。それにフランス語、ドイツ語と続く。

日本大使館のあるブリュッセルはベルギーの中央に位置しており、フランス語が主流だ。

幼少期は外交官だった父についてフランス語圏の国で暮らしていたのもあり、まったく知らない言語でないことにほっとした。けれど大半は忘れている。

そのため私は、日本にいる間に急いで語学の勉強をしてきた。でもまだ十分とは言えず、当面の課題は言語になりそうだ。

　こちらへ来る前に何度も眺めたガイドブックに載っていた内容を思い出しながら、興奮気味に街並みを見つめる。

　ブリュッセルといえば、世界でもっとも美しい広場に上げられる『グラン・プラス』が有名だろう。

　広場の周囲には市庁舎や王の家、ギルドハウスなどが立ち並び、写真で見るだけでも荘厳さに魅せられた。夜にライトアップされた様子も素敵で、時間ができたらぜひふたりで現地を訪れてみたいが、千隼さんは付き合ってくれるだろうか。

　それからマグリット美術館も絶対に行きたいし、夏だけ公開されている王宮も気になっている。

　観光で来たわけではないとわかっているものの、ついそんな想像をして頰が緩んだ。

「小春」

「え?」

　すっかり自分の世界に入り込んでいたところで、これまでとは違う呼び方をされて慌てて千隼さんを振り返る。

「これからはそう呼びたい」

驚きすぎてすぐには反応を返せず、一瞬の間を置いてなんとか首を縦に振った。

それから私の背後に向けられた彼の視線を追い、再び外の景色に目を向ける。

「せっかくベルギーにいるんだ。ふたりでたくさん出かけよう」

そんなふうに誘ってくれるとは予想外で、うれしさが込み上げてくる。

「はい！」

「それから、俺たちは夫婦になったんだ。小春も砕けた言葉遣いにしてほしい」

「ど、努力します」

急に切り替えるのはさすがに難しくて言いよどむ。そんな私を彼はくすりと笑った。

この結婚が彼にとって不本意だったとしても、こんなふうに気遣ってくれる千隼さんとならいい関係をつくっていけるかもしれない。

そう浮かれかけたところで、この誘いに意図があるかもしれないと気づく。

千隼さんにとっては、妻を連れて歩くのも出世のためのアピールなのかもしれない。妻帯者であると知られれば、人間性に問題があるなどと嫌な見方はされなくなるだろうから。

決して彼に利用されているとは感じない。それでも少し寂しくなるから、過度な期待はしない。

沈んだ顔を彼に見られたくなくて、そこからはずっと顔を窓へ向け続けた。

ベルギーに来て一週間が経った。

千隼さんはかなり多忙で、日付が変わる頃の帰宅が続いている。仕事は山積みらしく、疲労の見え隠れする様子を見ていると心配でたまらない。

さらに、このタイミングで他国の大使を招いた晩餐会が決まったという。その準備もあって、千隼さんは着任早々かなり忙しくしている。

帰宅が遅くなっても、出勤時間は変わらず早い。

今朝もいつも通りの時間に起床した千隼さんは、おそらく十分な睡眠を取れていないだろう。

向かい合わせに朝食を食べてすばやく支度を済ませると、彼はすぐに玄関へ向かった。そのうしろに私も続く。

「小春、なかなか一緒にいてやれなくてすまない」

靴を履いて振り返った彼は申し訳なさそうな顔をしている。

忙しいのは仕方のないことで、千隼さんのせいではない。こうして気にかけてもらえるだけで十分だ。

「私は大丈夫です」

ベルギーに来てからというもの、千隼さんの様子はずいぶんと変わってきた。それまでの彼はどこか一線を引いたような態度でいたけれど、最近はやわらかな表情も見せてくれる。少しでも打ち解けられてきたことがうれしくて、私も前向きでいられる。

見知らぬ土地での生活には不安はあるが、千隼さんは国のために日々奮闘しているのだ。そんな彼の邪魔をしたくないし、いつまでもこの状態が続くわけではないだろうから待っていられる。

「今日はいつものスーパーじゃなくて、マルシェに行ってみるつもりなんです」

マルシェは私の憧れで、ぜひとも行きたいと思っていた。

店主とのやりとりも言葉の勉強には打ってつけだろうし、たとえ伝わらなくても身振り手振りでなんとかなるはず。

想像しただけでも楽しそうだと、彼が現状を負い目に感じないように笑ってみせた。

「気をつけて行ってくるんだぞ」

「はい！」

ベルギーは、比較的治安のいい国だ。それでもスリや車上荒らしが起きており、日本と同じ感覚ではいられない。

十分に気をつけるようにと千隼さんにも繰り返し言われているため、外に出るときは常に警戒を怠らない。

「今夜も遅くなるだろうから、小春は先に休んでいて」

「ええ。千隼さんも、お仕事がんばって」

「それじゃあ、行ってくる」

「行ってらっしゃい」

本心を悟られないように、明るく送り出す。そうして千隼さんの姿が見えなくなると、途端にぼんやりとした。

現状に不満がないのは私の本音だ。寂しくないと言えば嘘になるが、自分が彼の負担にはなりたくない。

しばらくして我に返り、頭を振って気持ちを切り替える。

帰宅した彼が快適に過ごせるようにしてあげたくて、掃除も料理もがんばっている。実家でも私がメインで家事をしていたため、苦にはならない。

まずは、ベッドメイキングに向かった。

夫婦として一緒に暮らすようになったとはいえ、今のところはただの同居人のような生活が続いている。

私の時差疲れは数日で落ち着き、彼の帰宅を起きて待つようにしている。

できれば食事を一緒に取りたいけれど、初日に先に食べているように言われてしまった。今はタイムリミットを決めて、彼の帰宅が遅くなるようなら先に済ませるようにしている。

千隼さんの希望で初日から一緒のベッドで眠っているが、彼とはいまだに体の関係はない。

『俺の仕事がもう少し落ち着いたら、夫婦のきずなを深めていこう』

先日の夕飯の席で、千隼さんはそう言ってくれた。直接的な言葉ではなかったが、その意図はきちんと理解しているつもりだ。

きっと彼も私に歩み寄ろうとしているのだろう。私は千隼さんが好きだから、彼と距離を縮められるのは素直にうれしい。

でも千隼さんとしては、結婚したからには割りきって夫婦の営みを受け入れるつもりなのかもしれない。

そこに少しの虚しさを感じるのも事実だ。

いつか本当の意味で彼と心を通わせられたらいい。そのための努力は絶対に怠らないようにしようと誓った。

さらに数日が経ち、千隼さんの仕事はようやく一段落がついた。気づけば、こちらへ来てから数週間が経っていた。

「やっと小春とデートができるな」

〝デート〟という言葉に鼓動が跳ねる。彼なりに夫婦らしさを演出しようとしてくれているのだろうか。

せっかくだからと、今日は久しぶりにワンピースに身を包んだ。気合が入りすぎていないか迷ったけれど、私を見た彼に「似合っている」と褒められてほっとする。

最初の目的地に選んだのは、歴史的な建造物で囲まれたグラン・プラスだ。

「すごい！　建築様式には詳しくないけど、見ているだけで圧倒される」

この場に初めて赴いた興奮と、待ちに待った彼との外出に自然と声が弾む。私の言葉遣いも、無意識に砕けている。

「本当だな。ああ、ほら。あの市庁舎の棟の先を見て」

千隼さんに促されて顔を上げた。

「なんだろう。なにか飾られているのはわかるけど……？」

「あれは竜を打ち倒す、この町の守護天使なんだそうだ。それから、そっちのギルドハウスの屋根には、建物ごとに職種を表すモチーフが飾られている」

彼の指さす方に視線を向けると、たしかにそれぞれの屋根には違う飾りがついているようだ。

ベルギーでの勤務が決まってから、彼はこの国に関するたくさんの情報を頭に入れている。それは外交官として当然かもしれないが、彼の勤勉さには頭が下がる。

「そっちの星の家にある、英雄・セルクラースの像の右手に触れると、幸運が訪れると言われているらしい」

「それなら、絶対に触りに行かないと！」

待ちきれずに歩き出そうとしたところで、肩を抱き寄せられる。

突然のことに驚いて足を止めた。

「今日はデートだと言っただろ？」

耳もとでささやくように言われて、ドキリとする。近すぎる距離が恥ずかしくて、真っ赤になっているだろう顔をうつむかせながら彼に促されるまま進んだ。

横たわった像の前にできた列に続く。それほど待たずに、私たちの番がやってきた。

像に近づき、ふたりそろってその右手に触れながら目を閉じる。そうしてこの結婚生活がうまくいくようにと心の中で祈った。

それから、広場をゆっくりと見て回った。

楽しい時間はあっという間に過ぎていく。体力に自信がある私でも、はしゃぎすぎたせいかすっかり疲れていた。千隼さんはそんな私を気遣って、近くのレストランで食事を済ませて帰宅しようと提案してくれた。

別の休日には美術館に足を運び、その後に千隼さんは同僚に聞いたというワッフルの専門店に連れていってくれた。

一階がテイクアウト専門店になっており、ショーウィンドウに並ぶカラフルにトッピングされたワッフルが目を惹く。どれもおいしそうで、ひとつに決められるだろうかとつい欲張りな心配をしていた。

私たちは、二階のカフェテリアへ上がった。

千隼さんは、ワッフル生地にブラウンシュガーをトッピングする。さんざん迷った私は、チョコレートソースが贅沢《ぜいたく》にかけられたものを選んだ。

「甘い……！」

「だろうな。見ているだけでわかるよ」

私の手もとを見ながら、千隼さんが苦笑する。

見た目通りの濃厚な甘さに、歩き回った疲れが癒される。

「ほら、口直しだ」

笑いながら私を見ていた千隼さんが、驚くことに自分の頼んだものをフォークにさして私に近づけてきた。まさか彼がそんな行動に出るとは思わず、目を瞬かせる。

いつまでも千隼さんをそのままでいさせるわけにはいかない。羞恥心に耐えながら、差し出されたワッフルを口に入れた。

「おいしい」

思わずつぶやいた私に、千隼さんが微笑みかけてくる。それがあまりに素敵でますます鼓動は速くなり、胸もとをぐっと押さえた。

それから私たちは他愛もない話をしていた。

「そういえば、千隼さんはどうして外交官になろうと思ったんですか？」

ずっと気になってはいたものの、なんとなく聞くタイミングが掴《つか》めずにいた疑問だ。

今のやわらかな雰囲気なら気負わずに聞けそうだと、勇気を出して尋ねた。

「そうだなあ。理由をつけようと思えばいろいろあるんだろうが……」

顎に手を添えて考え込む彼を、そっと見つめる。

「一番の決め手は、憧れかな」

「憧れ？」

疑問形で返した私に、千隼さんはひとつうなずいた。

「高校生で進路を意識しはじめた時期に、何人かの外部講師の話を聞く授業があったんだ。そのひとりが外交官だった人で、互いの国を知り合うことで友好を深めて、世界中から争い事をなくしたいと語っていた。それに感銘を受けたっていうのが、大きなきっかけかな」

想像を超えた規模の話に驚きつつ、初めて教えてもらう彼の個人的な事情をひと言も漏らすまいと耳を傾ける。

「たくさんの情報に接して、いかに日本を売り込むのか戦略を練る。そんな仕事内容にも興味がわいたし、性に合っていたんだろうな。個人的には、日本の文化について広く知ってもらいたいと思っている」

「なんか、すごい」

そんな言葉しか出てこないのが、すごくもどかしい。

「千隼さんは、国を背負って働いているのね」

こうして本人から話を聞くと、それがいっそうリアルになる。

その責任は相当に大きく、ささいなミスが国家間の軋轢《あつれき》を生みかねない。気の抜けない大変な仕事なのだと、あらためて感じた。

だからこそ、自宅にいるときくらいは気持ちよく過ごしてほしい。

私にできることは少ないかもしれないが、それでも彼を支えられるように力を尽くしていきたい。

食べ終わって一階に下りると、再びショーウィンドウに釘づけになる。

私の様子に気づいた千隼さんが、くすりと笑った。

「相手の国の食文化も、知らないとな」

お見合いをして以来、彼のこんなからかうような口調は初めて聞いた。少しずつ私に気を許してくれているのだろうかとうれしくなる。

彼はそこでたくさんのクッキーを買ってくれた。

それからというもの、千隼さんの私に対する態度が軟化しているのを感じることが増えた。

一緒に過ごす中で肩を抱き寄せられ、ワッフルの専門店では〝あーん〟もした。最近の彼は、お見合いをする前によく目にした自然な笑顔もたくさん見せてくれる。

小さな積み重ねに、彼は私に心を開きつつあるのではないかと期待が高まる。

その一方で、夫となったからにはそれらしくあろうとしているにすぎないのかもしれないという疑念は消えない。

「千隼さんは、私のことをどう思っているんだろう」

浴槽につかりながらポツリとこぼす。

彼に無理をしている様子はないようだし、このまま自然の成り行きに任せていればいいのだろうか。

「でもなあ」

彼は以前、夫婦のきずなを深めていこうと言ってくれた。

せっかくいい関係を築きつつあるのだから、できればさらに一歩、千隼さんに近づきたい。

ただ、私たちは一緒のベッドで眠っているというのにいまだに体の関係はない。私の願いは、彼にとって負担になるのだろうか。

ため息をつきながら、自身の体に視線を落とす。

もしかして、私に女性としての魅力がなさすぎるとか？

それなりに胸はあるし、結婚が決まってから体形の維持にも努めてきたから見られなくはない、はず。

気がかりと言えば、彼が仕事中の私の姿をよく知っているということ。明るいと言えば聞こえはいいけれど、しとやかさなどまるでない姿ばかりをさらしていたせいで異性として見られないのかもしれない。

　きっとそんなことはないと、自身を励ましながらお風呂を出る。そうして寝支度を整えて寝室に向かった。

　先に入浴を済ませていた千隼さんは、ヘッドボードにもたれながら本を読んでいたようだ。

「ゆっくりできたか」

　私に気づくと、彼は笑みを浮かべた。

「はい」

　穏やかな声音になんとなくほっとしながらベッドに上る。そうしてふと顔を上げたところ、私を見つめる彼のまっすぐな視線に気づいてドキッとした。

「小春」

　掠れた声で呼ばれる。なんとなく普段と違う彼の様子に息をのんだ。

　おもむろに髪をなでられて目を見開く。それから彼はゆっくりと顔を近づけてきた。

　口づけをされるのだろうか。とっさに瞼を閉じた数秒後に、額にやわらかなものが触れた。

「おやすみ」

なにが起こったのか私が理解するより早く、彼が離れていく。

「お、おやすみ、なさい」

ぎこちなく返しながら、彼の隣に体を横たえた。

額に触れたのは彼の唇だったと、遅れて思い至って頬が熱くなる。鼓動は高鳴るばかりで、眠気は一向に訪れない。

隣から聞こえる穏やかな息遣いに、ますます彼を意識させられる。おかげで私は一睡もできないまま朝を迎えた。

日本にいる祖父から私へ連絡が入ったのは、それからすぐの五月の中旬頃だった。

千隼さんの出勤を見送り、午前中に買い物に出かけた。

その道中で撮影した写真とともに父らに近況を知らせようと、スマホを片手にソファーに座る。

「おじいちゃん？」

父と祖父には、心配をかけないよう定期的に連絡している。もちろん広大さんにも、同じようにしていた。

スマホが得意ではない祖父からの返信は、これまでに一度もなかった。初めて届いたメッセージに首をひねりながら、祖父もスマホに挑戦してみたのかもしれないと、軽い気持ちで開封した。

【心配はいらないが、一応知らせておく。先日――】

「え？」

けれどこちらを気遣う言葉の後には不穏な単語が続き、読み進むにつれて眉をひそめる。無意識のうちに、スマホを持つ指先が白くなるほど力を入れていた。

「事故⁉」

思わず立ち上がり、声をあげていた。

祖父によれば三日ほど前に父が外出先で事故に遭い、大腿骨《だいたいこつ》を骨折したのだという。

【部位が悪かったために、全快するまでに少し時間がかかりそうだ】

思わず自分の太ももに触れる。骨折した経験はないものの、想像だけでも痛ましくてぶるっと体が震えた。

【黙っているのもどうかと思って知らせたが、こちらのことは心配しなくていい。小春は千隼君とがんばるんだぞ】

事実を隠されて、治癒した頃に知らされたら間違いなく私は怒っていただろう。それが気遣いだとわかっていても、家族の一大事は絶対に知らせてほしい。

ただ、離れて暮らす私にできることなどなにもないのもわかっている。

日本とベルギーの間には、八時間ほどの時差がある。向こうは朝の早い時間だが、祖父ならもう起きているだろうと国際電話をかけたところ、運よく応答してくれた。

『昨日も見舞いに行ったが、口は達者だったぞ』

厳格な祖父が珍しく軽口を叩くのは、私を不安にさせないために違いない。

本当に骨折だけなのか。命に別状はないといっても、頭を打っていたりほかにもケガを負っていたりするかもしれない。

自分の目で確かめられないせいで疑っていたけれど、実際に祖父と話して隠し事はないようだと納得した。

状況はだいたいメッセージで知らせてくれた通りで、紅葉亭は当然しばらく休まなくてはならない。それがどれほどの期間になるかは不明だが、家賃などを考えれば長期にわたる休業は厳しい。

祖父はひとりで旅行に出られるくらい元気だとはいえ、さすがに年を重ねている。父が退院してもしばらくは介助が必要になるだろうし、リハビリにだって通うはずだ。その負担がかなり大きいのは容易に想像がついた。

ほかの誰かの手を借りられればよいが、もともと父方の親類は少なくて頼れる相手は思いつかない。人を雇うにしても、プライベート空間に他人が入るのを嫌う祖父には、精神的な苦痛になりかねない。

事実、祖父からのメッセージには【自分たちでなんとかできる】とある。おそらく本当にそうするつもりなのだろう。

どうすればいいのか、答えが見つからない。

家事も手につかず、ひとりで悶々と悩んでいるうちに千隼さんが帰宅した。

「小春。父さんから連絡がきたが、正樹《まさき》さんが事故に遭ったって？」

千隼さんにもすでに話がいっていたようだ。彼が知っていてくれたというだけで、自分の中でぴんと張りつめていたものが決壊する。

「そうなの」

気が緩み、ジワリと涙が滲む。

不安が隠しきれない私の腕を、千隼さんが優しくさすってくれた。

「幸い命に別状はないと聞いているが、小春としても言葉だけでは安心できないよな」

こくりとうなずいて、瞼を伏せる。

千隼さんへの遠慮もあって、様子を見に行きたいと簡単には言えない。一度帰ってしまえば、父らを放っておけなくなるのはわかりきっている。

新婚早々に私の実家の都合で離れ離れになるなんて、妻としては失格ではないか。

彼を支えると決めてベルギーまでついてきたというのに、私はまだなんの役にも立てていない。

「どうしていいのか、わからないの」

判断がつかず、苦しくて仕方がない。

温かな手が、動揺する私の腕をさすり続ける。そうされているうちに、次第に落ち着きを取り戻していった。

ひとまず千隼さんに食事を取ってもらい、話をするためにリビングへ移動する。

ソファーに隣り合って座ったが、なんとなく彼の方を見られなくてうつむいた。

「小春。難しく考えなくていいんだ」

背に手を添えられて、ビクリと体が強張る。

けれどそこから伝わる温もりに、少しずつ力が抜けていく。

「小春はどうしたい？」

「私……」

どう言うべきか迷い、視線が揺れる。

「俺については、ひとまず考えなくていい。小春の本音を聞かせてくれないか」

ここまで言ってくれる彼に勇気づけられて、ゆっくりと口を開いた。

「お父さんたちを放ってはおけない。お店だって、休業が長引けば閉店の可能性も出てくるだろうし」

紅葉亭がなくなる現実を直視できなくて、瞼を閉じてぎゅっと手を握りしめる。

ぽんぽんと頭に手を添えられて、自分が呼吸すら止めていたことに気づく。

恋愛感情があって結婚したのでもないだろうに、こうして気を使ってくれる千隼さんの優しさに胸が熱くなる。

小さく息を吐き出してから心情を吐露した。

「妻として千隼さんの支えになりたいのも本当なの」

実家か千隼さんか。どちらかを選ぶなんてできない。

「俺のことも考えてくれて、ありがとう」

夫である千隼さんを前にして、どうしていいのか迷っていること自体がなんだか申し訳なくなる。

「離れていようが、俺たちが夫婦だという事実は変わらない」

千隼さんに言われて、私の中にあった不安に気づく。

父と祖父や紅葉亭について、彼に明かしたのはもちろん本音だ。でも、それだけじゃない。

千隼さんと物理的に離れてしまえば、せっかく近づけたと思っていた心の距離が開いてしまうのではないかと怖くてたまらなかった。けれど彼の言葉で、私の心を覆っていたもやが晴れていく。

瞼を閉じて自身の心の内を見つめる。

そうして再び千隼さんと視線を合わせたときには、彼の言葉を信じて覚悟を決めていた。

「私は、お父さんたちを助けに行きたい」

迷いが完全になくなったわけではないが、目を逸らさず本心を伝える。そんな私を、千隼さんは隣からふわりと抱きしめくれた。

突然の抱擁に目を瞬いた。頬にトクトクと伝わる彼の鼓動に、次第に安堵する。

「小春は帰国するべきだ。ただ、無理だけは絶対にしないと約束してくれ」

「うん」とうなずき恐る恐る抱きしめ返した私の髪に、千隼さんが顔をうずめた。

それから数日のうちに、私はベルギーを離れることになった。

不安な別居生活

羽田《はねだ》空港に到着すると、タクシーに乗り込んでそのまま父の入院している病院へ直行した。

窓の外には気持ちのいい青空が広がっている。

もう二週間もすれば、この辺りも梅雨入りをするだろうか。

つかの間の陽気を楽しむように、通りかかった大きな公園には親子連れが楽しそうに遊んでいた。

父が事故に巻き込まれてからすでに時間が経過している。すっかり落ち着きを取り戻しているのかもしれないが、実際に顔を見るまでは安心できないと気持ちが急いた。

病院に到着して、受付で教えられた病室に向かう。

たどり着いた部屋の前で立ち止まり、プレートを確認して深呼吸をした。

「お父さん？」

父は大部屋に入っており、閉められたカーテン越しに小声で呼びかける。

「ん？　誰だ？」

わずかにカーテンを開けて中を覗《のぞ》く。どうやら父はうたた寝をしていたようだ。

「小春だよ」

「は？」

相当驚かせたようで、父はぼんやりしていた目をパッと見開いた。

そういえば誰にも帰国を知らせていなかったかもしれないと、今さら気づく。

「こ、小春？　なんでだ。ベルギーにいるはずじゃあ」

ぼうぜんとつぶやく父にかまわず、ベッドサイドに椅子を引き寄せて座る。

「そうだったんだけどね。お父さんが事故に遭ったって聞いたら、居ても立ってもいられなくて。それで千隼さんと相談して、私だけ帰国してきたの」

「だって、お前たちは新婚で……」

まだ頭がはっきりしないのか、父は黙り込んでしまった。混乱させたのはさすがに申し訳ない。

「おじいちゃんだけでは、今後リハビリに通うのも大変じゃない。だからしばらく私がサポートするって決めたの」

「いや、それはだいじょう――」

「大丈夫じゃないでしょ？」

父の発言を遮るように口を挟む。

祖父も父も、どんなに大変でも心配は無用だと言い張るだけだ。ましてや新婚早々の私に弱音など吐けないだろう。帰国について私から彼らに相談なんてしようものならば、全力で拒否してきたに違いない。

ここはあえて強引な態度に出る。

押しつけがましいかもしれないが、もとより私の世話焼きな性格は父も知り尽くしているはず。家族なのだから遠慮は不要で、潔くあきらめてもらうしかない。

「いや、まあ」

入院中の父に話すのもどうかと思ったが、見る限り顔色はよい。それならばと、もうひとつの懸念事項も持ち出した。

「それにお店のこともあるでしょ？ いつまでも休んでいては家賃だって払えなくなるじゃない」

どうやら図星だったようで、父は口をつぐんだ。

「しばらくこっちにいるつもりだから。そのあたりについても、おじいちゃんと相談するわ」

帰ってきてしまったものは仕方がないとでもいうように、父は頭をかきながら大きくため息をついた。

「小春、すまない。しばらく世話になる。それから、千隼君にも礼を言わないとな」

結婚したばかりで千隼さんと離れるのは、私もずいぶんと頭を悩ませた。彼が背中を押してくれなかったら、行動に移せていなかっただろう。

できれば父から、フォローの連絡を入れてもらえるとありがたい。

それから父に尋ねられるままベルギーの話を聞かせた後、実家に帰宅した。

ちょうど洗濯していた祖父を、父以上に驚かせたのは悪かったと思う。

「わしが、小春に知らせたからだな」

うなだれる祖父に、そうじゃないと否定する。

「内緒にされていたら私、いくらおじいちゃんでも怒っていたからね」

絶対に引けないと、父同様に祖父にも強気な態度を崩さない。

私が新婚だとか、千隼さんについて海外に渡ったばかりだとか、いろいろと考慮して躊躇する気持ちはもちろん理解できる。それは私だって同じだ。

心の内を探り合うように見つめていたが、最終的に祖父は父と同様に仕方がないと折れた。

残っていた家事を、私も手伝って手早く終わらせる。

それからリビングで向かい合わせに座った。話題は今後についてだ。

「それでね、おじいちゃん。店を閉めたままにしておくのは、経済的にだんだん厳しくなるでしょ？」

「……まあ、そうだな」

父の意向を詳しくは把握していない。

家を出た私が言うのは無責任かもしれないが、閉店だけはなんとかして回避したい。

長年三人で守ってきた店を手放すのはどうしても忍びなかった。

今後も経営を続けたいのなら、父の全快を待ってはいられない。

紅葉亭を存続させるためなら、私はなんだってするつもりだ。その覚悟を知ってもらいたくて、自分の思いや考えを語って聞かせる。

「嫁いだ身で勝手を言っている自覚はあるけど、私は紅葉亭をなくしたくないの」

現状と願望を併せて考えれば導き出される答えは自然と絞られてくるが、私の力だけで実現するのは不可能だ。ずるいとわかっていながら祖父に情で訴えた。

祖父は目を閉じて、なにかを考え込んでいる。

自分の代で店をたたむ覚悟をしていた祖父だが、方針転換してからは後を継ぐと決めた父に全力で向き合ってきた。その様子に、本当は店を終わらせたくなかったのだろうと感じたのは間違いではなかったはず。

「おじいちゃんにも協力してほしい」

私は給仕と事務仕事に徹しており、提供する料理に関してはまったくノータッチできた。

紅葉亭は祖父の料理で人気を集めた店だ。常連客をはじめ、昔から受け継いでいる味を楽しみにしている人はたくさんいる。父の代になり新しいレシピを考案してきたが、それは祖父の料理をきっちりと守った上でのことだ。

店を再開するのなら、当然これまで通りの料理を提供しなければ意味がない。だからここは、祖父の力と人脈に頼るしかない。

閉めている期間が長くなるほど、客は離れていくだろう。一刻も早く再開の算段をつける必要があり、祈るような気持ちで目の前に座る祖父を見つめた。

「……もう一度、わしが立つしかないんだろうな」

目を開けてそう言った祖父の声音は、決して暗いものではなかった。

祖父が引退して数年が経っている。とはいえ、何十年も料理人として働いてきた人だ。それに普段からキッチンに立つ機会も多く、感覚は鈍っていないと踏んでいる。

高齢になってきたため無理はさせられないが、今はその力を借りたい。

「もちろん私も手伝うけど、料理に関してはおじいちゃんの知り合いの手も借りられたら理想的かな。それから、しばらくは営業時間を短縮する方向で……」

こんな事態になったため、来てくれていたパートの方には事情を説明して辞めてもらったという。すぐに声をかければ、もう一度引き受けてもらえるかもしれない。

「とりあえず明日、お見舞いに行ったときにお父さんにも話してみるから。それからパートさんにも私から連絡してみる」

「ああ、頼んだ」

方針が固まり、ようやく肩の力が抜けた。

翌日になり、父とも紅葉亭について話をした。

祖父の了承をすでに取り、店の再開に向けて準備しはじめていると伝えられれば、父が反対できるはずもない。

「小春にも千隼君にも、本当に申し訳ない」

本来なら明るい性格の父が、ガックリと肩を落とす姿に胸がズキリと痛む。

「千隼君が快く了解してくれているとはいえ、小春を長く拘束するわけにはいかないから、父さんはリハビリをがんばらないとな」

必ずうなずいてくれるように話を持っていった自覚はあるし、父だってそれは察し

ている だろう。

渋ったのはほんの一瞬で、大きなため息とともに受け入れてくれて安堵した。

それからは、ベルギーにいた頃とは打って変わって忙しい毎日になった。

新婚早々に、千隼さんとの生活を放ってきたうしろめたさはどうしても拭えない。

彼の気遣いに報いるためにも、絶対に中途半端にはしないと決意している。

六月も中頃になり父はリハビリ専門病院に転院した。ここでの入院は二、三カ月になる予定だ。

医師の話によれば、骨折が大腿部だったため、骨が完全にもとに戻るまでに一年以上かかるという。

私の滞在は思ったよりも長くなりそうだと、父を励ましながらも不安がよぎった。

でも時間を無駄にするわけにはいかず、できることをやっていこうと強引に気持ちを切り替える。

先日まで勤めてくれていたパートの丹羽《にわ》さんは、ぜひ戻りたいと快く受けてくれた。

父と同世代の彼女は、祖父の代から勤めてくれている。もちろん私とも顔見知りで、即戦力となる人に来てもらえるのはありがたい。

祖父の知り合いからの紹介で、見習いとして岡本《おかもと》さんという若い料理人が来てくれる手はずも整った。

彼は祖父から料理を学びつつ、一緒に厨房に立ってもらう予定だ。これで少しは祖父の負担も軽減できるだろう。

そうして私が帰国して二カ月が経った頃には、諸々の準備も整えられて紅葉亭の開店にこぎつけた。

これまでの間、千隼さんとは毎日のようにメッセージを送り合っている。それに電話をする機会もあった。

『正樹さんも順調に回復しているとわかって安心した。紅葉亭の方も先の見通しが持てているようだしな』

『千隼さんが私を日本へ送り出してくれたからここまでできたの。そうでなければ今頃、紅葉亭の経営はあきらめていたかもしれない』

突然の事態に、冷静に見えていた祖父も手いっぱいになっていた。私が強引にでも推し進めていなければ、店を手放していた可能性もある。

『全部、千隼さんのおかげね。本当にありがとう』

『違うな。それは小春ががんばった結果だ』

彼に認められるのはなによりもうれしい。

『千隼さんの方は、変わりはない？』

申し訳なさから遠慮がちに尋ねる。

『ああ。こちらはなにも問題ない。俺の心配はいいから、小春はそちらのことに注力してほしい』

その優しい気遣いはありがたいが、彼は私がいなくても生活に困らないのだとも考えてしまう。

就職して以来、千隼さんはずっとひとり暮らしをしてきた。海外経験が豊富で言葉にも問題ないため、暮らす国が変わってもすぐに順応できるのだろう。

『ありがとう』

彼になんと返していいのか迷い、結局それしか言えなかった。

自分の都合で帰国させてもらっているにもかかわらず、千隼さんも私を必要としてくれたらいいのにと身勝手にも願ってしまった。

いよいよ迎えた、店の再開当日。

客は来てくれるだろうかと、緊張しながら開店準備を進めた。普段から口数の少ない祖父もいつも以上に静かで、店内の空気がピリリとしている。

開店間近になり、暖簾を出そうと店の入口を開ける。

外へ一歩踏み出したところで、目の前に立つ人の存在に気づいてハッとした。

「お義父さん！」

「こんばんは、小春ちゃん。もう入っていいかな？」

広大さんには何度か近況報告の連絡は入れていたが、まさか今夜来てくれるとは知らず驚きとうれしさに頬が上気する。

「もちろんです。どうぞ」

急いで暖簾をかけて、広大さんを店内に案内した。

「お義父さん、うちの都合で私だけ帰ってきてすみません」

落ち着いたところで、あらためて謝罪する。

広大さんと対面するのは出国した日以来になる。彼は父の見舞いに来てくれていたようで、感謝が尽きない。

「気にしなくていいから。小春ちゃんたちも大変だっただろ？」

「ええ。でもこうしてお義父さんの顔を見られて、元気をもらいました！」

偽りのない笑みを浮かべて答えると、広大さんも相好を崩した。

「かわいい義娘にそんなふうに言われたら毎日通っちゃうよ。そうだ！　小春ちゃんとツーショット写真を撮って、千隼に自慢しちゃおうか」

場を和ませるような砕けた口調に、思わず声をあげて笑った。

それから偶然通りかかったらやっていたからと、顔を出してくれたなじみの客もいた。さらにその人からほかの常連客に連絡がいく。

温かな連鎖のおかげで、再開初日としては予想以上の来客数となった。

その後も客足は増減しながら、紅葉亭は徐々に以前の活気を取り戻していった。

見知った人たちは父の容態を心配しつつ、「まさか先代の料理をまた食べられるとは思わなかった」と口々に喜んでくれる。

見舞いついでに店の様子を伝えると、父は安堵した表情を見せていた。

もちろん状況は千隼さんにも報告している。

『正樹さんの回復も店の経営も、順調そうでよかった』

時差が大きいため、なかなかリアルタイムでのやりとりは頻繁にできないが、久しぶりに千隼さんが電話をかけてきてくれた。

「ありがとう。お父さんが退院してからが、ますます大変なんだろうけど」

父は来月あたりに退院できるだろうと、医師から説明を受けている。

家に戻れたとしても、松葉杖を使っての生活になる。外出となれば車いすも必要だろう。リハビリにも長く通う必要があり、今以上に多忙になりそうだ。

「えっと、なかなかそっちに戻れそうになくて……」

申し訳なさに瞼を伏せた。

『家族の一大事なんだから気にするな』

謝罪を受け入れてくれるのはありがたいはずなのに、以前と同様のあまりにもあっさりとした反応に不安を感じる。

自分でも面倒な性格をしている自覚はある。千隼さんからもっと必要とされる存在になりたいと望んでいるが、彼の重荷になりそうで言い出せはしなかった。

『それより、父さんがちょくちょく紅葉亭に行ってるようだな。迷惑をかけていないか？』

彼の明るい口調に気を取り直す。

「迷惑だなんて、ぜんぜんないよ。たまに同僚の方を連れてきてくれるから、店としても助かっているの」

広大さんの明るい振る舞いにも、私はずいぶんと支えられている。

『ならいいが』

「最近はね、店を盛り上げるために新しいメニューを開発しようと考えているの。参考に聞きたいんだけど、千隼さんはなにが食べたいと思う？」

彼ともっと話していたくて、新しい話題を振る。

『そうだなあ。魚介を使った料理かな』

「千隼さんはよく魚料理を注文していたものね」

紅葉亭へ通ってくれていた頃の彼を思い出す。

「そうだ！　今うちへ来てくれている岡本さんが魚料理を得意としているの。彼に相談するのもいいかもしれない」

祖父や父以外の意見を取り入れるのも新鮮味があり、いい考えだと声が弾む。

『彼？』

浮かれていたところで、千隼さんの低いつぶやきが聞こえた。

『どういう人なんだ？』

固い口調になった千隼さんに、いったいどうしたのかと首をひねりながら続けた。

「えっと。紅葉亭を再開するにあたって、おじいちゃんの伝手でうちへ来てもらっている料理人さんで」

こちらの状況はできる限り千隼さんに伝えてきたが、そういえば岡本さんや丹羽さんのことは話していなかったかもしれない。

「たしか私より二歳上だったかな。私も岡本さんの料理を食べさせてもらったんだけど、本当においしくって。千隼さんにも、一度食べてもらいたいなあ」

『……そう、なのか』

「千隼さん？」

私ばかりが一方的に話しすぎただろうか。思ったような反応が得られず、たまりかねて彼を呼ぶ。

『……悪い』

咳払いをした千隼さんが、気まずそうに言う。

『小春の夫なのに、俺は紅葉亭のためになにもしてやれていないのが悔しい』

「そんな。ここまでくるのにたくさんの人が手を貸してくれたけど、そもそもは千隼さんが帰国を迷っていた私の背中を押してくれたから叶ったことだよ」

あらためて、千隼さんへの感謝の気持ちを込めて伝えた。

『小春が困っているときには、いつだって俺が一番近くにいてやりたい』

熱い口調にドキリとする。

もしかして彼は、岡本さんの存在を気にしているのだろうか。〝嫉妬〟という言葉が浮かびかけたが、そんなわけないと慌てて打ち消した。

『なにかあったら、いつでも連絡してくれ』

「なにもなくてもね」

気持ちを一方的に押しつけたら、千隼さんの負担になりかねない。だから恋しさをごまかすように茶化した口調で返した。

通話を終えると、なんだか心にぽっかりと穴があいたようで寂しくなる。こういうときに、千隼さんの存在の大きさを実感する。

「会いたいな」

同じくらいの気持ちでとは言わない。でも彼もそう思っていてくれたらいいのに。

その夜は、耳に残る彼の声音を何度も思い出しながら眠りについた。

九月に入ったというのに、まだまだ蒸し暑い日々が続いている。

ベルギーは年間を通して日本よりも気温が低いが、今の季節が観光にもベストシーズンと言われている。

とはいえ朝晩はずいぶん冷え込むらしく、体調管理が難しそうだ。千隼さんは元気だろうかと、朝目を覚ますたびに気にかかる。

午前中に家事を済ませて、午後から店の準備へ出向く。

店を開けてしばらくした頃に、千隼さんの同僚の男性と女性が顔を出してくれた。

以前彼らと顔を合わせたのは、私がベルギーへ行く前のことだ。

「櫛田《くしだ》さんに山科《やましな》さん、でしたね？」と問いかければ、「よく覚えてくれていましたね」と驚かれた。

「仕事柄、顔と名前を覚えるのは得意なんですよ」

感心するふたりを席に案内する。

櫛田さんは千隼さんが連れてきたことのある男性で、その後も何回か足を運んでくれていた。それが時には複数人になる日もあり、山科さんも一緒に来てくれたと記憶している。

千隼さんの一年後輩だという櫛田さんは、温和な雰囲気の男性だ。明るく親切で、会話をつなぐのがとてもうまい。

山科さんは櫛田さんの同期だと聞いている。女性としては背が高く、スーツを着こなす姿が同性ながらカッコいいと思う。きりっとした顔立ちの美人で、きっと優秀な人なのだろうと想像している。

女性の同僚は彼女しか見かけたことがなくて、山科さんの存在は深く印象に残っていた。

今夜はたまたま仕事が早く終わった者同士、久しぶりに来てくれたらしい。

「たしか高辻さんは小春さんを帯同するって言っていたはずですが、どうかされたんですか？」

櫛田さんの問いかけに、少しだけ気まずくなる。

「それが、ちょっと事情がありまして……」

うしろめたさがあり、歯切れが悪くなった。

結婚したばかりの妻が、海外勤務の夫を放って国内にとどまっているなど外聞がよくなかっただろうか。しかも家業を手伝っているなど、詳しい事情を知らない彼らからしたらあまり好意的には見えないかもしれない。

もしかして千隼さんの評判に傷をつけかねないのではないかと、心配になる。

「山科さんも、どうぞ」

「ありがとう」

おしぼりを差し出すと、彼女は綺麗《きれい》な笑みを浮かべながら受け取ってくれた。たったそれだけの仕草が上品で、育ちのよさがうかがえる。

「奥様が帰国されているのはちらっと聞いていましたが、なにかあったんですか?」

言葉を濁した私に、山科さんがさらに尋ねてきた。

この様子だと、千隼さんの職場には知られているようだ。下手に事実を隠せば、いらぬ憶測を呼びかねない。

チラリと祖父を見ると、向こうも一瞬だけ私に視線を向けてきた。なにも言葉にはしなかったが、私と同じように考えたのだろうと受け取る。

もともと父を気にかけてくれていた常連客には大まかに説明していた。とくに隠しているわけでもないからと、ふたりにも事情を打ち明ける。

「私の父が交通事故に遭ったんです。うちは母がいないので、すべてを祖父ひとりに任せるのも心配で。夫も実家の手伝いをするべきだと後押ししてくれて、私だけ一時的に帰国したんです」

事情を知り、ふたりそろって表情を曇らせた。

「大変でしたね」

私を労わる櫛田さんの言葉に、山科さんもうなずいて同意する。

「せめてお店の応援につながるように、同僚を誘って今後も顔を出させてもらいます」

櫛田さんの申し出がありがたい。

「ありがとうございます。ゆっくりしていってくださいね」

ふたりの気遣いに感謝しながら、その場を後にした。

店内は次第に賑やかになり、客の要望に応じてテーブルの間を行き来する。

手の空いたタイミングで山科さんに呼ばれて近づくと、櫛田さんはスマホを手に外へ出ていくところだった。

「急な仕事かしらね」

彼の背中に、山科さんは冗談めかしながら憐れみの視線を向ける。

それから彼女のオーダーを聞いて立ち去ろうとしたが、さらに声をかけられて足を止めた。

「そうそう。私もベルギーに行ったことがあるのよ。小春さんは本場のワッフルやチョコレートを食べたかしら？」

「ほとんど行けていなくて。機会があったら、いろんなお店のものを食べ比べてみたいんですけどね」

千隼さんと訪れたワッフルの店を思い出す。途端に彼が恋しくなったが、今は仕事中だと気を引きしめ直した。

「そうなの？　現地では先輩にいくつかお薦めのお店を教えてもらったけど、どこも本当においしいかったわ。小春さんも行けるといいわね」

ベルギーに知り合いがいるのか、ご機嫌な彼女からずいぶん満足のいく時間を過ごせたことが伝わってくる。

そんな山科さんを見ていると、うらやましさが込み上げてくる。いつか私も千隼さんといろいろなお店に行ってみたい。

「そうだ、小春さん。今度、私のお薦めのカフェに行かない？ チョコレートの専門店で、どのスイーツもとってもおいしいの。ベルギーの味にも負けていないわよ」

「え？」

突然の誘いに戸惑っていると、ほかのテーブル声がかかる。話が途中になってしまうことを謝罪してそちらへ向かった。

それからさらに忙しくなり、山科さんに声をかける暇もない。

帰り際にようやく彼女に近づくと、一枚のメモ用紙を渡された。

「これは？」

「私の連絡先よ」

意図を図りかねながら、とりあえず受け取る。

「あなたの旦那様についても話があるの。誰かに知られるのは……ふたりだけで会えないかしら?」

周囲に悟られないように耳打ちをされる。

彼女はそれだけ言うと、櫛田さんと共に店を後にした。

意味深な言い回しに心がかき乱される。千隼さんに関することだと言われたら、気にならないわけがなかった。

彼女の物言いから、なんとなく私にとってはよい話だとは思えず落ち着かない。

それ以降はどう立ち回っていたかよく覚えていないが、気づけば帰宅してぼんやりとベッドに座っていた。

窓越しに車の通る音が聞こえて我に返り、気を取り直して今朝やり残した家事をこなす。それから千隼さんにメッセージを送ろうと、誰もいないリビングのソファーに座った。

なにを伝えようかと逡巡しながら室内に視線を走らせる。ここのところ忙しくしていたのもあり、細かいところまで掃除が行き届いていないのが目についた。

千隼さんは几帳面なところがあるから、私がいなくてもあの家は綺麗に保たれているのだろう。ただ多忙なことを考えると、私がサポートしてあげたかったと思う。

「はあ」

紅葉亭の仕事を離れると、いつも千隼さんのことを考えている。

今の千隼さんに困っている様子はないのだから、私がいなくても彼は平気なのかもしれない。

つい悪い方へ考えてしまうのは、山科さんの言葉に影響されているからだろう。

まだまだベルギーに戻れそうになく、もどかしくて仕方がない。

メッセージを打ちかけては消す。それを何回か繰り返して、一旦手を止めた。

山科さんの言葉が気になるが、それを千隼さんにどう伝えていいのかわからない。

そもそも話すべきではないかもしれない。

散々迷った揚げ句、櫛田さんたちが店に来てくれた旨だけにとどめることにした。

翌日になり、目覚めて早々に机に置きっぱなしにしていた山科さんのメモ用紙が視界に入る。思わずため息をつきながら、無視はできなくて手に取った。

彼女とふたりきりで会うなんて、気が進まない。でも中途半端なままだと、よくない想像ばかりが浮かんでくる。

「よし」

これ以上うじうじとしていたくなくて、山科さんにメッセージを送ると決めた。

夜になって受け取った彼女からの返信には、二週間ほど先の日時と場所が指定されていた。

祖父に心配をかけたくなくて、山科さんとのことは無理やり頭の隅に追いやって平常心を心がけて過ごしている。

紅葉亭の再開は人づてに広まり、客足も順調に戻っている。ひとまず危機は脱したようだと、私も祖父も安堵した。

九月の中旬になり、父はようやく退院した。

久しぶりの帰宅に父はほっとした表情になる。

でも次の瞬間には、私が帰国して以来何度も目にしたつらそうな顔になった。

「小春には迷惑をかけてばかりで、本当にすまない」

「やめてよ、あらたまっちゃって。迷惑だなんてまったく思ってないから」

父を悩ませるのは不本意で、慌てて否定した。

「退院できたとはいえ、これからますます負担をかけるだろうな」

父は悲しそうな顔をして、ケガをした方の足に視線を落とした。

焦りを感じているらしい父は、まだ自由に動き回れないのに仕事をはじめたいと言いだした。

それをなだめつつ、岡本さんと考えたメニューへのアドバイスやさらに新しいレシピの開発を持ちかける。

「お父さんの料理のセンスは抜群にいいんだから、期待してるよ」

お世辞ではない私の本音に父が笑みを浮かべる。久しぶりに見られた明るい表情に、大きく安堵した。


あっという間に山科さんと会う当日になり、クローゼットを前にして頭を悩ませる。

今日はいったいどんな話を聞かされるのだろう。彼女が千隼さんのことを〝旦那様〟と言ったことも、なにかを含んでいるようでずっと引っかかっていた。

無意識のうちに手に取ったのは、これまであまり着る機会のなかった大人っぽいワンピースだ。この洋服に合うように、メイクもいつもよりしっかりと仕上げていく。

時間になり、千代田区《ちよだく》にある自宅の最寄り駅に向かう。

山科さんとは、ここから電車で三十分ほどいった自由《じゆう》が丘《おか》駅で待ち合わせしている。

東京に住んでいるとはいえ、一度も行ったことのないエリアだ。オシャレな街というイメージが強く、自分には合わないと決めつけていた。

時間通りに到着したが、彼女はすでに私を待っていた。急いで駆け寄り、遅くなった謝罪をする。

「大丈夫よ。行きましょうか」

「はい」

紅葉亭では少し様子のおかしかった彼女だが、今はそれを感じさせない。

それにほっとしたものの、ふと気づけば無意識のうちに手を握りしめていた。

連れていかれたのは、駅から近いオシャレなカフェだった。

事前に聞いていた通りチョコレートを使ったスイーツのお店で、カカオ豆の仕入れからこだわっているという。

店内に足を踏み入れると、ショーケースにはおいしそうなスイーツが並んでいた。

普段の私ならここではしゃいでいたかもしれない。でも今日はそんな気になれそうにない。

「ここは大きな仕事をやり終えたときとか、逆にいきづまったときなんかも来るかな。ご褒美でもあり、元気づけでもあるって感じで」

「そうなんですね」

早く本題を聞きたくてもどかしい。彼女に返す言葉も、千隼さんの話が気がかりで上の空になる。

オーダーをして、案内された席に向かい合わせに座る。届けられた紅茶で喉を潤わせている間、彼女はひと言も発しなかった。

気まずさを紛らわせたくて、運ばれてきたチョコレート味のロールケーキにフォークを入れる。きっとすごくおいしいはずなのに、それを楽しむ余裕はなかった。

スローなペースで食べる私を、山科さんが見つめているのをひしひしと感じる。

視線を上げた私と目が合うと、彼女はくすりと笑った。

「ずいぶん慎重に食べるのね。もったいぶっていると横から盗られちゃうわよ」

山科さんの目に、私はいったいどんなふうに映っているのだろうか。

なんだか仄暗さを感じさせる彼女の笑みが、私の不安を煽る。

「それにしても、結婚早々に離れ離れになるなんて残念ね」

唐突に切り出された話題にドキリとした。言葉とは裏腹に彼女は少しも私に同情していないようで、綺麗な顔にはにこやかな笑みを浮かべている。

なにを言われるのかと緊張が高まる。背筋を伸ばして、精いっぱい虚勢を張った。

「そうですね。千隼さんには、すごく申し訳なくて」

私の無難な答えに、山科さんはますます笑みを深めた。

「まあね。でも、彼も独身気分で自由にできるからいいんじゃないかしら？　ほら、帰りが遅くなっても申し訳なく感じる相手がいなくて、気楽でいられるでしょ」

彼女の言葉に、ベルギーでの短い新婚生活を思い出す。

着任直後の千隼さんはとくに忙しくて、毎晩遅い帰宅が続いていた。彼は事あるごとに『一緒にいられなくてすまない』と謝っていたが、独身だったならそんな気遣いも不要だ。

そう考えると、なんだか私の存在が彼を苦しめていたような気になってくる。

「千隼先輩は仕事ができる人だから、なんでもかんでも引き受けて抱えがちなのよね」

「千隼、先輩？」

違和感のある呼び方に、首をかしげる。

〝先輩〟という言い方は、彼女の職場では一般的なのだろうか。そもそも彼女はなぜ彼を下の名前で呼ぶのか。

「ああ。私ね、千隼先輩と大学が一緒だったのよ。一学年違いでね。長くそう呼んでいたから、もう癖のようなものね」

「そう、ですか」

親密な相手というわけでなくても、異性を下の名前で呼ぶ人もいる。ただプライベートならともかく、職場でもそう呼んでいたとしたら私は違和感を抱く。

自然と口にした様子に、普段から千隼さんもその呼び方を受け入れていると想像がつく。

なんだかモヤモヤするが、私より付き合いの長いふたりの関係に口出しはできず、聞き流すことにした。

「千隼先輩ったら、学生の頃からずいぶんモテていたのよ」

「……はあ」

彼は本当に素敵な人だから、当然そうだっただろう。わかりきってはいたものの、あえて聞きたい話ではない。そして、どう返していいのかもわからない。

「でも自分にその気はまったくないからって、言い寄ってくる女の子たちを冷淡にあしらってばかり」

「冷淡に、ですか？」

私が知っている彼は、穏やかで気遣いのできる人だ。物腰のやわらかい千隼さんが、そんな態度を取るなんて想像がつかない。

紅葉亭で彼女が仄めかしていたのは、千隼さんの過去の話だったのだろうか。私たちがお見合いをする前の話なら、気にはなるもののとやかく言うつもりはない。

不安は徐々に霧散して、肩から力が抜ける。すっかり止まっていた手を動かしてケーキをひと口頬張ると、優しい甘みが広がった。

「私はいつも彼の隣にいたから、逆恨みなんかされちゃって」

「え？」

「ほら。私たちはふたりとも、将来は外交官になりたいって夢が同じだったって彼から聞いているわよね？ 先輩とは本当に親しくさせてもらっていたから」

当然のように言われるが、私が教えてもらったのは千隼さん自身の話だけだ。

「先輩とはいくつも同じ講義を一緒に受けていたし、試験について知り得た情報を交換し合ってお互いに切磋琢磨してきたわ。言葉の勉強になるからって、日常会話を外国語でやりとりなんかもして」

当時を思い出しているのか、彼女は楽しそうな笑みを浮かべた。

なんだか単なる先輩・後輩の仲には聞こえない。ふたりの関係がいかにも親密そうに感じるのは、考えすぎだろうか。

「そうそう。私、少し前にベルギーに行ったのよ。もちろん千隼先輩に会ってきたわ」

普段は落ち着いている山科さんが、珍しく弾んだ声をあげる。

彼の過去の話はあくまで前振りにすぎず、本題はこれだったのかと気づく。

「先輩の案内で行った店はどこもあたりばかりだったし、たくさん話もできてすごく楽しめたわ」

「千隼、さんと？」

まさか、彼女がベルギーへ行ったのは最近の話だったのか。

嫌な予感に手が汗ばむ。彼女の話にうまく言い返しもできず、唇を引き結んだ。

「私の父って、政治家なのよ。祖父もそうだったわ」

急に話が変わり、今度はなにかと身構える。

〝山科〟姓の政治家について考えてみた。

もしかして彼女のお父様は、現職の大臣だったりするのだろうか。たしか同姓の人がいたはずだと、最近テレビで目にした姿を思い起こして顔が強張った。

私の変化に気づいた山科さんが、正解だとでもいうように笑みを深める。

「父は、そうね。それなりに重要な役職を任されているわ。祖父もそれ以上の職に就いていたかしら」

彼女は名家のお嬢様だからこそ、一つひとつの所作が綺麗なのだと納得する。

「きっと千隼先輩は、それもあって私がそばにいるのを許してくれたんでしょうね」

それはどういう意味だろうか。

「もちろん、大前提は波長が合ったからでしょうけど。でも、ほら。親の存在っていろいと影響力があるじゃない？」

彼女が明言を避けた言い回しをしていると気づく。

つまり山科さんと縁づけば、自分からはなにも働きかけなくても周囲から忖度されるとでも言いたいのだろうか。

父にはそんな話を聞いたこともないから、親の権力が実際に現場でどれほどの影響があるのかはわからない。

けれどたしかに、心理的にわずかでも左右されるかもしれないと想像する。現に私は、彼女の出自を知っただけで気安く話していいのか戸惑っている。

ただ、千隼さんはそんな権力を望んでいたのかと疑問に思う。

私の知っている彼の姿からは到底考えられないが、付き合いの長い彼女だからこそ知っている千隼さんの一面なのだろうか。

「実際に」

意味深に言葉を切った山科さんが、正面から私を見すえる。

「学生のうちから、私と千隼先輩が結婚する話も持ち上がっていたのよ」

「結婚……」

初めて聞かされた事実に、ぼうぜんとする。

「千隼先輩もずいぶん乗り気だったのよ。在学中は異性をいっさい近寄らせなかったのに、私だけは気を許してくれていたくらいだもの。まあ、どんな関係にあったか、詳細は彼との秘密にさせてもらうわ」

親密な仲だったと、暗に言っているのだろう。

「彼も気心の知れた私となら、って」

学生時代の千隼さんとは、広大さんを迎えに来た折に何度か顔を合わせている。

あの頃にはすでに、彼の隣に山科さんがいたのか。

私にしてくれたように、千隼さんは山科さんを抱きしめたのだろうか。学生とはいえ大人同士の交際なのだから、それ以上の関係にあってもおかしくない。

過去の話をとやかく言う権利など私にはない。でも、近しい関係にあった彼女が今でも彼の傍らにいる現実が怖い。

不安に襲われて指先が冷たくなっていく。

「先輩のお母様も、もったいないくらいの話だってずいぶん喜んでいらっしゃったわ」

彼女の言葉を信じるなら、義母の清香《きよか》さんは山科さんを認めていたらしい。

多忙な清香さんとはあまり顔を合わせる機会がなくて、正直なところ自分がどう思われているかまではわからない。にこやかに接してくれたし、拒否はされていないと信じたい。

「お父様もいい話だと喜んでくださっていたわ。ただ、早すぎるとも言われてね。仕事に就いて経験を積んでからにしたらどうかと提案されて、仕方なく従ったのよ」

そこで広大さんが待ったをかけていなかったら、ふたりは本当に結婚していたのかもしれない。

山科さんはとても綺麗な女性で、千隼さんと同じ大学なら国内でもトップレベルの学校を卒業している優秀な人でもある。

ふたりが並んだ姿を想像すると、美男美女でとにかくお似合いだ。

おまけに千隼さんと同じく外務省に勤めているのだから、仕事への理解も深く、公私ともに支えられる。

彼女と比べて私はどうだろうか。

明るく面倒見がよくて、家庭的なところが私の取り柄だと友人や親しくなった常連客は言ってくれる。

でも私にあるのは本当にそれだけだ。なにか自慢できるような資格を持っているわけでも、特技があるわけでもない。

子どもの頃は父についてカナダやフランスで生活していた時期もあったため、英語とフランス語を少しは話せていた。それも今では使うところがないせいで、ほとんど忘れつつある。

容姿だって、美人な山科さんに比べたらいたって平凡だ。

自分がいかに千隼さんに不釣り合いかを自覚させられて、その歴然とした差に胸が苦しくなる。

私と彼女は、なにもかもが違う。本来なら、山科さんこそが千隼さんの妻になるべきだったのではないかと思えてならない。

「私も働きはじめて数年経った頃に、もう一度、結婚の話が持ち上がったのよ。その頃には先輩もめきめきと頭角を現して、出世頭と見られていたわ。古い考え方かもしれないけど、上層部の中には家庭を持ってこそ一人前って公言する人もいるの。それが山科家といううしろ盾だったら……ねえ?」

はっきり言葉にしないのは、政治家の娘ならではかもしれない。明言はしていないのに、主張は十分に伝わってくる。

山科さんと結婚していれば、千隼さんの出世は約束されたようなものだと言いたいのだろう。

「当然、千隼先輩は私との結婚を選ぶはずだった」
悔しげにきゅっと唇を引き結んだ山科さんを見つめる。
山科さんは学生の頃から千隼さんに想いを寄せていたに違いない。〝そばにいた〟
というような言い回ししかしていないが、親密だったと随所で仄めかしていた。
そして今でも同じ気持ちでいると、言動の端々から伝わってくる。
明確に断言してくれないせいで想像ばかりが膨らみ、ますます不安が大きくなる。
「それなのに……話が本格化する前に、私に別の縁談が持ち上がったのよ」
私が目にしてきた山科さんは、冷静で理性的な女性だったはず。それにバリバリと
仕事をこなすやり手なイメージも抱いている。
そんな彼女が、今にも泣いてしまいそうな顔になる。
大物政治家の娘ともなれば、縁づきたいと希望する人はきっと多くいるのだろう。
彼女のお父様だって、自身の影響力を強めるための縁談を望んでいるのかもしれない。
「候補は複数いたわ。そのうちのひとりは、父の第一秘書を務める男性だった。将来
的に父は彼に地盤を譲ると決めて、そのためにひとり娘の私と結婚させようと考えた
みたい」
世襲制ではないとしつつ、数代にわたり地盤を引き継いでいる政治家は少なくない。

彼女のお父様は大臣を務めるほどの人だ。今まで築いてきたものを、まったく無関係な人に譲るのは惜しいと考えてもおかしくはない。

タイミングが悪かったといえば、それまでだろう。

醜い考えだとわかってはいるが、そんな経緯があったから私は千隼さんと結婚するという幸運を得られたのだ。

けれど彼の方はどう思っているのだろうかと考えかけて、慌てて打ち消した。

たとえ今は離れて暮らしているとはいえ、私と千隼さんはすでに結婚して夫婦となっている。

私のいない間にふたりはベルギーで会っていたようだが、彼の立場を考えればきっと不貞を疑われるようなことはなかったと信じたい。おそらく一緒に食事をして話をした程度だろう。

実家の問題が片づいたら、当然またふたりでの生活に戻る予定だ。だから、彼女の話に不安になる必要などないと自身に言い聞かせた。

「でもね、その人にはもうずっと心に決めた相手がいたの。彼女を手放してまで地盤を引き継ぐつもりはないと、はっきり断ったそうよ」

物憂げに小さくため息をつく姿ですら魅力的で、彼女を前にしたらすでに結婚しているのだからという自信が早くも揺らぐ。

「そのお相手がうらやましいわ」

外を見ていた彼女がこちらを向いて私と視線を合わせてくる。

「私との結婚を受け入れれば将来を約束されるというのに、それを投げ捨ててでも一緒になりたい。そんなふうに深く想われるなんて、素敵じゃない」

瞼を伏せた山科さんはあまりにも儚げだ。握りしめられた彼女の手は、力がこもりすぎて小刻みに震えている。

次に彼女が瞼を開いたときには、激情は去って凪いだ目をしていた。

「父もあきらめが悪くて、何度か説得していたわ。最終的にその話は立ち消えたけれど、その間に千隼先輩はあなたとの結婚を決めていたのよ」

私は彼女の事情をいっさい知らずにいたのに、なんだか責められている気分になる。

「私の縁談の話を聞いて、彼は断念したの。ううん、違うわね。私の幸せを祈って身を引いたと言った方が、正解かしら」

愛しているからこそ相手の幸福を優先した。それもまた秘書の男性とは違った形の愛情の示し方なのかもしれない。

そう考えて、胸がズキズキと痛みだした。

気まずい沈黙が続く。

千隼さんとは頻繁に連絡を取り合っているが、山科さんについて彼からはひと言も聞いていない。

一度だけ千隼さんについて彼女が紅葉亭へ来たときも、親密な関係を連想させる素振りはなかったはず。複数人いたため、席も離れていたくらいだ。

山科さんを見る限り千隼さんへ未練を残しているようだが、千隼さんにとってはもう過去の話なのだろうか。

私と夫婦のきずなを深めていきたいと言ってくれた彼の言葉を信じられたらいいのに、今はそれが揺らいでいる。

山科さんの話を聞いていると、千隼さんは彼女を忘れるために次に進んだのかもしれないと思えてきた。

それはまるで、彼を忘れるためにお見合いに出向いた私と同じだ。

「なんか、ごめんなさいね。本当は黙っておくつもりだったのよ。だけど……」

言葉を濁して目を伏せた彼女は、なにを言おうとしたのだろうか。

結婚したにもかかわらず彼のサポートを放り出して実家を手伝う私に、山科さんが不満をいだいているのはこれまでの様子からなんとなく伝わってきた。

きっと言葉の続きは私への非難だったのだろう。

「紅茶がすっかり冷めてしまったわね。残りもいただいちゃいましょう」

打って変わって明るい声でそう言う彼女に私からなにかを問いかける勇気はなくて、素直に従った。

無理やりカップを口に運んだものの、頭の中は混乱を極めていた。心がかき乱されて彼女の方を見られない。

私がカップを戻したのを見て彼女が席を立ったので、慌てて続く。

店を出て別れを告げると、逃げるようにその場を立ち去った。

山科さんと対峙してから二カ月ほどが過ぎた。

父はリハビリを終えており、ずいぶんスムーズに歩けるようになってきた。私がいなくても、もう問題はなさそうだ。

山科さんとはあんなやりとりをしたというのに、彼女はいまだに同僚とともに紅葉亭に来ている。

あの気さくな雰囲気は変わりないが、私に直接声をかける機会はなくなった。人を介して振られた話題に相づちを打つ程度だ。山科さんの変わりようは、当事者にしかわからないかもしれない。

彼女がまるでなにもなかったかのような態度でいるから、どうしていいのかわからなくなる。

私としてはできれば会いたくないが、来店を拒否するわけにもいかない。気にしないふうを装い続けているものの、心中は複雑だ。

山科さんとの関係を千隼さんに尋ねるなんて到底できなかった。

多忙な彼の邪魔になりたくない。というのは苦し紛れの言い訳にすぎない。

事実を知るのが怖い。彼の心が誰に向いているのか。遠く離れていては、いくら途切れずに連絡をもらっていても自信が持てなくなっていく。

当然ながら、広大さんに聞くわけにもいかない。彼女と広大さんが店で遭遇しないかとヒヤヒヤしていたが、今のところそれはない。実際そんな場面に直面したら、私は逃げ出していたかもしれない。

千隼さんとともに山科さんからは遠い場所にいれば、この不安もなくなるだろうか。

早くベルギーに戻りたい。

そう強く願っていたけれど、それから世界を取り巻く事情が変わっていった。

中東で紛争が勃発したというニュースが、日本でも頻繁に報道されるようになる。

ベルギーは隣接しているわけではないものの、周辺国も含めて移民の数がぞくぞくと増えているという。

ブリュッセルは、もともと移民の多い地域だ。そこへさらに難を逃れてきた人たちが加わり、日に日に治安が悪くなっていると千隼さんが電話で教えてくれた。

しばらくは様子を見ようと話していたけれど、時間が経つにつれて状況が悪化していく。

『不本意だが、小春はこのまま日本にいた方がいいだろう』

「え……」

『一緒に暮らせないのはつらいところだが、今は我慢すべきだ。なにより小春を危険な目に遭わせたくない』

彼は〝つらい〟と言いながらも、私の安全を優先してくれた。こんなに長く離れていても、彼は私に家族としての情を持ってくれているのだとほっとする。

「千隼さんは、大丈夫？」

『ああ。問題ない』

いつものように即答されて、心がモヤモヤとする。

千隼さんの身を心から案じているのは本当なのに、そばにいられない現状と山科さんの存在が私を不安にさせる。

「どうか気をつけてね」

苦しい心の内を押し隠して、それだけはなんとか伝えた。

その後、父や広大さんとも話し合い、私は日本にとどまることを受け入れた。

もどかしい日々　ＳＩＤＥ　千隼

『千隼ぁ。父さんを迎えに来てくれよぉ』

スマホ越しに聞こえたうっとうしい口調に、思わず切りたくなる。

相手は父で、翌日は休日だからと年がいもなく飲みすぎたらしい。

「タクシーを呼べばいいだろ」

『つれないことを言うなよぉ。今、紅葉亭で飲んでるから。な、な。待ってるからな』

俺が反論するより先に、向こうから通話を切られていた。すかさずかけ直したが、応答する気はいっさいないらしい。

紅葉亭といえば、元外交官だった父の友人が経営している店だと記憶している。

何時まで営業しているか知らないが、今はまだ二十二時を過ぎたところだ。なんとか店が開いているうちに着けるだろう。

わざわざ大学生の俺を呼び出すのは、友人相手に最近父の中でブームになっている、仲のいい親子像を見せつけたくなったからに違いない。いい年をした大人のする振舞いではなく、迷惑この上ない。

一緒にいてほしいと願った幼少期には放っておかれたというのに、今になって擦り寄ってこられてもわずらわしいだけだ。つい邪険にするのも当然だろう。

仕事が趣味のような父と、人付き合いがすべてだと思っている母は、政略結婚で一緒になった。俺の見る限りふたりの間に恋愛感情はなく、どうして夫婦で居続けるのか疑問に思うほどさっぱりとした関係だ。

長男の俺が生まれると、母は役割を果たしたとばかりに自由に過ごしはじめたと聞いている。なにかの新作発表会だとか食事会などに毎日のように出かけていくのは今でも続いている。

さらに母は実家の営む会社にも籍があり、そちら絡みでも飛び回っていた。

働き盛りだった父も、夜遅くに帰宅して早朝から出勤するという日々だった。

学校の行事などふたりとも参加してくれた試しがなく、おかげで幼少期はずいぶんと寂しい思いをしたものだ。

子育ては人を雇って任せるような両親だったが、どういうわけか数年前から父がやたら俺にかまいたがるようになった。

高校生の頃に外交官を目指そうと決めてから、父が俺に興味を持ちはじめたらしい。

『文科省に勤めておきながら、子育てにあまりにも無関心すぎだった』

父の実に素直な告白には、まったくその通りだという程度にしか感じない。

『そんな自分が教育の振興に携わるなどおかしな話だ。あまりにも情けない』

反省を促そうなんてつもりはない。親の無関心を寂しがるほど俺はもう幼くはなかった。

あるのは不自由のない生活をさせてもらったことへの感謝だけだ。なにもかもが今さらでしかない。

ただ経験者から試験などの話を聞けるのはありがたく、向こうから歩み寄ってくるのなら受け入れればいいかというくらいに捉えていた。

進学と同時に家を出ればよかったが、あいにく進んだ先は自宅から通えてしまえる範囲だった。

干渉しない家族関係でこれまで実家暮らしを続けてきたが、今からでも家を出るべきかもしれない。

とりあえず今夜だけは妥協してやるかと車を発進させた。

予想に反して、店はすでに閉店時間を迎えていた。

後から聞いた話によれば、店主は相当な子煩悩らしい。伴侶はすでに他界しており、自宅は近いとはいえ深夜まで未成年の娘をひとりでいさせるのは忍びないと、通常の居酒屋よりも閉店時間が早めに設定されていた。

父は少し明かりを落とした店内で、店主である友人とふたりで飲んでいた。

「父が迷惑をかけたようで、すみません」

「いいえ。うちの父の方こそ飲ませすぎたみたいで、すみません」

俺を出迎えてくれたのは、店主の娘の小春さんだった。

高校生だという彼女は、明日は休みだからと遅くまで付き合ってくれていたようだ。

「自分たちでやるからいいって言ってたんですけど、私が放っておけなくて。もともと店の手伝いもしているので、その延長ですから。あっ、バイトは二十二時までに上がっているんですよ。これはボランティアです！」

ユーモアたっぷりに明るく言い放った彼女がおかしくて、思わず噴き出した。

ただ、そうは言ってくれたもののやはり申し訳ない。

どうやら彼女は簡単な料理まで作って出してくれていたようだ。それも自分が勝手にしたことだと言うが、そんなふうに気を使わせた大人が悪い。

「おお、千隼じゃないか」

絡んでくる酔っ払いをよけつつ、せめてもの思いでテーブルの上の食器を片づける。

父にも手伝うように声をかけたが、まったく戦力になっていない。この様子だと皿を割りそうで、見かねて動かないように言い聞かせた。

「後はやっておくので大丈夫ですよ。高辻のおじ様、息子さんを困らせたらだめですって。そろそろ帰りましょうね」

疲れているだろうに、彼女は嫌な顔ひとつ見せない。それどころか終始笑顔を絶やさず、面倒でしかない酔っ払いたちにも優しく接していた。

若い女の子に〝おじ様〟なんて呼ばれた父の顔が、見るからににやけている。

少し前に『娘も欲しかったなあ』と誰に言うともなくこぼしていたくらいだ。それはきっと小春さんの影響を受けているのだろう。

だらしない父を見ていると、さすがにこっちが恥ずかしくなる。さらにもう少しだけ手伝いをして、あらためて謝罪をしながら店を後にした。

渋々とはいえ一度甘い顔を見せたせいか、父は紅葉亭で飲み明かすたびに俺に連絡してくるようになった。

都合のつかないときは迎えをきっちり断っていた。それでも父は自力で帰宅しているのだから、やはりふざけ半分で俺を呼び出していたのだろう。それならおとなしく応じる必要はない。

ただその結果、店や小春さんに迷惑をかけるのは申し訳ない。加えて店主の語る外交官時代の話がおもしろいこともあり、可能ならば赴くようにしていた。

それに気をよくした父は、次第に遠慮のかけらもなくなっていく。まあ、もともとなかったのかもしれないが、さらには一緒に飲もうと誘うまでになっていた。

「いやあ、息子と飲むのが夢だったんだよ」

己の願望を一方的に押しつけるなという不満は、なんとか言葉にしなかった。自分より年下の小春さんがいる手前、親子間の醜態はさらしたくない。

「千隼、ここに座りなって」

以前の自分ならきっぱりと断っていただろうが、渋々という体で近づく。

まだ店の営業時間内だからと、自身の内でなぜか言い訳じみたことを考えながら、促されるまま赤い顔をした父の隣に座った。

小春さんにおしぼりを出され、車のため烏龍茶を注文する。

「本当に、父がいつもすみません」

俺が把握しているよりも、父は彼女に迷惑をかけているだろう。客として飲んでいる時間はともかく、それ以外で彼女の世話になるのは筋違いだ。

「いいえ。おじ様はお話がお上手で、私も楽しんでいるんですよ。それに、こちらこそいつも遅い時間まで付き合わせてばかりで申し訳ないです」

小春さんが手を左右に振りながら眉を下げる。

お互いに父親のせいで大変だと、視線だけで通じ合ったと感じたのはおそらく気のせいではないだろう。

働き者の小春さんは店の常連たちからも人気が高いようで、ちょっとした用で頻繁に呼ばれていた。それに対して彼女は、気持ちのよい笑顔で対応する。

正樹さんの絶品料理に豊富な日本酒。それに加えて明るい小春さんの存在。そのすべてが紅葉亭に必要なもので、多くの常連客を惹きつけているのだろうと感じた。

かくいう自分もすでにそのひとりなのだという自覚はある。この場所はあまりにも居心地がよすぎた。

「千隼さんこれどうぞ。みんなには内緒ですよ」

人さし指を唇の前で立てる様子が、年相応でかわいらしい。

小春さんはたまに、周囲に知られないようにサービスだと料理を差し入れてくれる。

「おじ様には、父がいつもお世話になっていますから」

それはこちらの方だと否定するが、彼女は微笑みだけで受け流す。

直前の動作とは打って変わり、そのどこか大人びた笑みについドキリとさせられたのはここだけの話だ。

明るく活発な小春さんだが、その言動はとにかくしっかりしている。母親を早くに亡くしているためにそうならざるを得なかったのだろうと、親しくなるうちに会話の中から察した。

「小春、これそっちのテーブルだ」

「はあい」

父親である店主との関係はとにかく良好で、そんな親子を見ていれば父がうらやましく思うのも必然だったのだろう。

迎えに呼び出されるのはおもしろくないものの、アットホームな雰囲気の紅葉亭へ行くのは嫌いじゃない。

いつしか店を訪れる理由は父の迎えとしてではなく、自分が行きたいからだとすり替わっていく。

しかし学業が忙しくなるにつれて、残念ながら紅葉亭から足が遠のいていった。

外務省に入省した俺は、フランスでの語学研修を終えた後スイス大使館に赴任した。

そこで最初に携わった大きな仕事が、現地の政治家を招いた晩餐会だった。

招待客をリストアップし、それぞれの食の嗜好を探る。そこから料理人とメニューを組み立てて、使用する食器など細かな部分まで慎重に吟味した。

日本の文化に触れてもらうことを目的としており、会場に入るまでの通路の装飾もかなりこだわっている。

ようやく準備が整ったと安堵したところで、念のためにと資料を見返して違和感を覚えた。

もう一度、細部まで見直す。そこで気づいたのが、ある議員が少し前に結婚しており奥様を同伴するのは初めてだということだった。

「この方のパートナーですが、宗教上、食事の内容がアウトかもしれません」

すぐさま周囲に知らせる。そして何度も検討を重ねてようやく決定した内容を、もう一度練り直すことになった。

大きな仕事をやり終えてひと息つくと、ふと紅葉亭を思い出した。

父は迷惑をかけていないだろうか。そういえば小春さんはもう大学を卒業しただろうか。

一度も帰国していないせいか、あのアットホームな空間が無性に恋しくなる。

国内勤務に戻ったら、またあの店に行ってみよう。

それを楽しみに、再び激務の日々に戻った。

スイスでの勤務を終えて、四年ぶりに帰国した。

数日はバタバタとしていたが、それも落ち着いた頃にようやく紅葉亭へと足を運ぶ。

「いらっしゃいませ」

入口を開けると、あの頃と変わらない小春さんのはつらつとした声が聞こえてきた。

視界に飛び込んでくるのも、きっとあのかわいらしい元気いっぱいな笑みなのだろう。なんとなくそわそわしながら顔を上げた。

そうして目にした小春さんに、戸惑いを隠せなかった。

会わなかった数年の間に、彼女の印象はすっかり違っていた。もちろん背格好が大きく変わったわけではない。

顔つきが少しシャープになっただろうか。明るさはそのままで、そこにたおやかさが加わったと言えばいいのか。

彼女の醸し出す空気が記憶の中の姿よりもずいぶんと大人びており、不覚にもドキリとさせられた。

「おじ様から、お仕事で忙しくされていると聞きましたよ。お疲れさまです」

「フランスとスイスに、合わせて四年ほど行っていたんです」

動揺を隠しながらなんとか返す。

「それはお疲れさまでした。ああそうだ。これ、内緒でどうぞ」

お通しとはべつに、そっとひと皿差し出される。その優しい気遣いは以前と変わらず、妙にほっとした。

けれど彼女はもう人さし指を立てはしなかった。代わりに目を細めた大人びた笑みを浮かべる。

媚びているわけでもないのに妙に艶めいており、再びドキリとさせられた。

「久しぶりにおいしい和食が食べたくなって。それに紅葉亭のアットホームな雰囲気が無性に懐かしくて」

動揺をごまかすように、ここへ来た理由を語る。それを聞いた彼女はうれしそうな顔をした。

「ありがとうございます！」

それからは、以前よりも頻繁に紅葉亭へ通った。

必然的に小春さんとの距離も近づき、お互いのプライベートな話もするようになる。

「――それで大学まで行かせてもらったんですけど、やっぱり私はこのお店がなにより大事で。結局、紅葉亭に就職することになりました」

どこか誇らしげに語る小春さんを、微笑ましく見つめた。

彼女の発する言葉、口調、表情のすべてからこの店への愛を感じる。

「千隼さんは、国のために働いているんですよね。すごいなあ」

まっすぐな賛辞がくすぐったい。そんなふうに褒められれば、悪い気はしなかった。

「父さんだって、昔は同じ仕事をしていたんだぞ」

「大将、焼きもちを焼くなって」

すかさず口を挟んだ正樹さんに、俺の近くに座っていた常連客がヤジを飛ばす。それは決して下品ではなくて、なじみの人間だからこその気安いやりとりについ笑っていた。

こんな雰囲気も、俺がこの店を気に入っている理由のひとつだ。

小春さんたち親子は本当に仲がよく、常連客を含めて和気あいあいとしている。客の彼女に対する親密な様子も、高校生の頃から働く姿を見ていたからこそのものだろう。まるで彼女は、みんなの娘のような存在だ。

紅葉亭に行くならひとりでと、なんとなく決めていた。

それでも、たまに部下につかまる日もある。

「一緒に連れていってくださいよ」

俺の帰宅に目ざとく気づいて声をかけてきたのは、普段からとくに気にかけている部下の櫛田だった。

「同期と飲みに行けばいいだろ」と軽く突き放しても、櫛田はなんだかんだ言いながらついてくる。

「高辻さんが、元外交官の方が経営している店に通っているって聞きましたよ」

外務省に在籍していた当時の正樹さんは、その人柄で問題を円滑に解決に導くことで有名だった。

多くの人から頼りにされていたようで、彼が突然退職を申し出たときはかなり引き留められたらしい。けれど家族を大切に思う正樹さんの決意は揺るがなかった。

そんな彼のもとには今でも人が集まってくる。自分も紅葉亭へ通っているのは隠していないが、なんとなく同年代の男を連れていくのは躊躇した。

来てしまったものは仕方がない。渋々、櫛田とともに紅葉亭の暖簾をくぐった。

「千隼さん、今日はおひとりじゃないんですね」

初めて人を連れてきた俺を見た小春さんは、いつものように微笑みながら迎え入れてくれた。

「こんばんは。高辻さんの部下の櫛田です」

愛想のいい櫛田が、小春さんに向けて朗らかな笑みを見せる。それがなんだか気に食わない。

「こんばんは。こちらへどうぞ」

案内された席に着き、きょろきょろと店内を見回す櫛田を放ってメニューを眺める。どの酒を頼もうかと思案していると、「決めかねていますか?」と小春さんが声をかけてきた。

「このお料理なら、このあたりが合いそうですね」

彼女は日本酒に詳しいようで、数種類を提案してくれた。

薦めてくれた酒は香りが華やかでおいしくて、料理との相性もよかった。

人を連れているのもあり、小春さんとの〝内緒ですよ〟のやりとりはない。

あれは俺だけに対するサービスだったと、そこに優越感を抱いている自分に気づいたのは店を出た後だった。

「いやあ、おいしかったですね。看板娘の小春さんもかわいくて。とにかく楽しかったです。また連れていってくださいね」

「ああ」

あっけらかんとした口調の櫛田にそう返したものの、浮かない気分になった。

こうして人を連れてきたことで、初めて自分の独占欲に気づかされる。小春さんのよさは俺だけが知っていればいいのだと、自身の内に生まれた子どもじみた考えに苦笑した。

いつから小春さんが、俺にとって特別な存在になっていたかはよくわからない。最初は間違いなく、お互いに手のかかる父親がいて大変だと同士のような気分でいたはずだ。

自分が入省して以来、店からは遠ざかっていた。だからといって特別なにかを思いはしなかった。

ただ、ふとした拍子に無性に懐かしくなる。とくに海外にいた頃は、紅葉亭に行きたいと何度も思った。

そのとき自分が求めていたのは、正樹さんの作る料理だったのか。それとも、あの家庭的な空間だったのか。

当時の自分にとっての一番の望みは今となっては曖昧だが、紅葉亭を思い浮かべたとき、そこには必ず明るい笑顔の小春さんの姿があったと気づく。

そうして数年ぶりに店へ足を運び、再会した小春さんに胸が高鳴った。

大人びたその姿が、年下のかわいい女の子だとは感じない。むしろ素敵な女性へと成長した彼女に目を奪われていた。

忙しさにかまけて異性との交際とはずいぶん遠のいていたのもあり、久しぶりに抱いた感情に戸惑った。けれど面倒だとは感じない。

帰国してからというもの、父親からそろそろ家庭を持ったらどうかと言われていたのも彼女を意識するきっかけになっていたのかもしれない。

それまで俺が結婚するそぶりをいっさい見せないのが気になったのか、あの人は勝手に見合いをセッティングしようとしていた。

父が検討していたうちのひとりは学生時代の後輩で、今では同僚の山科愛奈《あいな》だった。

学生当時、山科とは偶然にもいくつか同じ講義を選択していた。

遅くやって来た彼女が空いていた俺の隣に座り、わからなかったことを質問されたのが知り合ったきっかけだ。

あの頃は異性に言い寄られ続けたせいで、距離を詰められないように一線引いた付き合いばかりしていた。しかし真横にいる状態で声をかけられたからには無視もできず、あたり障りのない対応でかわした。

それからは、顔を合わせれば声をかけられるようになっていった。自分から近づきはしなかったが、山科にはすっかり頼りにされていたようだ。

彼女の話は、講義や就職に関する内容ばかりだった。次第に警戒している自分がばからしくなり、邪魔をしてこない限りはいいかと好きなようにさせていた。

『千隼先輩は、フランスに留学したんですよね？』

唯一、名前で呼ばれるのは引っかかった。しかし、聞けば同じ名字の知人がいて混同するのでと言うから仕方がない。

そんな様子が周囲には親密に見えていたと知ったのは、少し経ってからだった。

『山科と付き合っているのか？　あいつの父親って現職の議員のはずだし、将来を考えればまたとない相手かもな』

友人に山科との仲を勘繰られもしたが、事実無根だ。俺にそんな気はいっさいなく、聞かれるたびに否定した。

結婚相手に、自身のうしろ盾となるような女性を求めるつもりはない。

だがその噂が影響したのか、学生時代に彼女との婚約話が山科サイドから持ちかけられた。それを父がまだ早すぎると待ったをかけたと聞いている。

俺の意思を確認する前に立ち消えていたが、もし聞かされていても確実に受けていなかった。

山科は優秀な女性で、志を同じくする者としては気が合う。

だが異性としては見られない。

理由を聞かれても答えに窮するが、自分にとって彼女はそういう対象ではないのだから仕方がない。あくまで山科とは、同窓の仲でしかなかった。

彼女との見合い話などすっかり忘れていた。それが先日、再び山科との縁談が持ち上がったと聞いて困惑した。

父としては話をもらうのは二度目で、まったく知らない相手よりはいいのではないかと考えていたようだ。

相手には息子次第だとしつつ、前向きに捉えているような返答をしていた。やはり父は、俺に家庭を持ってほしいと思っていたのだろう。

自分たち夫婦の振る舞いのせいで、俺が結婚に積極的になれないのではないか。父がそんな懸念を抱いているのは、なんとなく気づいていた。

それにしても大臣まで務める山科の父親の立場を考えれば、俺よりも都合のよい相手などいくらでもいるはずだ。それにもかかわらず、高辻家へ打診してくる目的がわからない。

強いて言えば、両親の実家がそれぞれ大きな会社を経営しているくらいか。

それはなんらかのメリットになるかもしれないが、俺の功績ではない。山科サイドにそこを見込まれたとしても、ずいぶんと筋違いの話だ。

今度こそ俺からも断りを入れて、父には『仕事がらみの縁談は受けるつもりがない。相手の迷惑になりかねないから、勝手に話を進めようとしてくれるな』と釘をさしておいた。

それに対して、父は珍しく神妙な顔になる。

『勝手なことをして、すまなかった』

父の先走った言動は気に食わなかったが、とりあえず引いてくれたのならそれでいいと話を終わらせた。

山科にはなにかの折に軽くその話題に触れて、今の自分は結婚に気持ちが向いていないという程度の話をした。そのとき彼女が見せた困ったような表情は、気まずさの表れだったのかもしれない。

今でも山科は俺を頼りにしてくれるが、あくまでそれだけの関係だ。いきなり見合いなどと言われても、向こうも困惑したに違いない。

同じ職場でぎこちなくなるのも面倒で、それからも見合いの話は気にせず彼女には普段通りに接してきた。

寂しい幼少期を過ごしてきたこともあり、俺が温かな家庭に憧れを抱いていたのは事実だ。

けれどこれまで出会った女性とはそれが実現できるとはどうしても思えず、関係を深められなかった。そのうち自身が多忙になり、結局は独身のまま今に至る。

あらためて未来を想像すると、自分の隣にやわらかく微笑む小春さんがいる場面が不思議なくらいしっくりきた。

結局、矢野親子に魅了されたのは父だけでなく俺も同じだったということだ。

彼女の中で俺は客のひとりという認識でしかないだろう。父親同士の関係があるだけに、せめてほかの男よりは一歩近い距離にいると信じたい。

気持ちを自覚した途端に、彼女にもっと近づきたくなる。当然まずは恋人からだが、今すぐにそれ以上の関係になりたいと求めてしまう。

小春さんには一生、俺のそばにいてほしい。その想いは、日ごとに大きくなっていった。

彼女を手に入れるために、ここからどうアプローチしていけばいいのかと思案する。同時に本当に動きだしていいのかと迷いもあった。

今後も俺は海外を飛び回る生活になるだろう。もちろん別居婚など望んでいない。職務上、妻を伴う機会もあり、結婚したらよほどの理由がない限り赴任先に帯同してもらうことになる。

もちろんそれだけが理由ではなくて、好きな相手にはいつだって傍にいてほしい。俺と一緒になれば彼女は紅葉亭を辞めることになるし、海外での生活も大きな負担になるだろう。

果たして小春さんは、それを受け入れてくれるのだろうか。

矢野親子の結びつきの強さは、傍から見ていてもよくわかる。そんな彼女をあの場所から引き離してもいいものなのか。

まだ想いを告げてもいないのに、自分が彼女にとっていかに不利な立場にあるのかが目について嫌になった。

もしかしたら彼女は、紅葉亭を継いでくれる伴侶を求めているのかもしれない。もう決まった相手がいる可能性だってある。

いろいろと考えすぎて身動きが取れないでいたが、それでも店には通い続けていた。

数日ぶりに紅葉亭を訪れた夜に、運悪く父と出くわした。

そんなとき父は俺と一緒に飲みたがり、さらに自宅まで送るように仕向けてくる。いまだに親子仲の円満アピールは続いているらしいと、毎回うんざりさせられる。

今は実家を出ているため、遠回りしてまでわざわざ送り届けてやろうとは思わない。が、あざとい面のある父は、今夜も店にいるうちからずいぶん酔っぱらったように見せかけていた。

「千隼さんはもう家を出ているでしょ？　迷惑をかけちゃだめですよ」

小春さんの言葉を適当にかわす父に、最終的には連れて帰ることを了承させられる。

それによって彼女が心底安堵した表情になるのを見たら、仕方がないと引き下がらざるを得なかった。

「小春ちゃんは、本当にいい子だね」

俺がついているのならもう少し居座っても許されるだろうとばかりに、調子に乗った父が上機嫌に正樹さんに話しかける。

奥のテーブルに向かった彼女の背を、正樹さんがチラッと視線で追った。

「ああ。妻に似て、優しい子に育ってくれた」

「お前の唯一の娘さんだし、将来的には婿を取って店を継いでもらう気でいるのか？」

思わぬ話題にドキリとさせられる。つい聞き耳を立てた。

「そうだなあ。この店を継ぎたいと言ってくれるやつがいれば、任せるのもやぶさかじゃない。おやじだって本音では店を残したいと思っているだろうしな。だが小春の婿にというのは……あの子の気持ち次第かな」

思っていた通り、正樹さんは後継ぎを望んでいる。

無理強いをするつもりはないようだが、店をそっくりそのまま他人に渡すのはやはり寂しいのだろう。彼女次第としつつ、一瞬だけ見せた迷いに小春さんとともに守っていってもらいたいという彼の願いを感じた。

「前におやじが、小春の見合いを考えていたんだよなあ。知り合いのところに若くて優秀な料理人がいるらしくて」

そんな話が出ていてもおかしくないが、彼女をほかの男に奪われるなんて我慢ならない。

戻ってきた小春さんを父らは笑顔でかわし、彼女がほかへ向かうと再び会話をはじめた。

「正樹も、先代さんと同意見なのか？」

「俺としては小春になにかを強要するつもりはない。だが、家とここの往復ばかりでは出会いもないだろうしなあ」

正樹さんは悩ましげにぼやくが、俺としては現段階で彼女に決まった相手はいないという事実にほっとした。

紅葉亭は俺にとって癒しの場だったはずなのに、今晩はとにかく落ち着かない。のんびり過ごす父に「明日もあるから」と俺の方から帰宅を促した。

「小春ちゃん、また顔を出すよ」

「広大さんも千隼さんも、お待ちしていますからね。ありがとうございました」

にこやかな小春さんに見送られて店を後にする。

タイミングよくやって来たタクシーに父を押し込んで自分も続く。

それから父が無言なのをいいことに、先ほど聞かされた会話を思い出していた。

小春さん自身は、紅葉亭の今後についてどう考えているのだろうか。もし俺が彼女の相手に名乗り出たら迷惑に思うだろうか。

多くの懸念はあるが、なにもしないまま彼女をみすみすあきらめるのはやはりできそうにない。

「そうだ。俺の知り合いにも独身の息子がいたな。どこかのホテルでシェフ見習いをしていたはずだ。年もたしか三十前だったか」

不意に漏らした父の言葉に反応して顔を向けると、訝しげな顔をされる。

「どうかしたか？」

「俺が小春さんの見合い相手に立候補したい」

なにかを考える間もないまま、とっさにそう口走っていた。

今夜はそれなりに飲んでいたから酔いが回っているに違いないと、内心で考えなしの言動の言い訳をする。

「なんだ千隼。お前、小春ちゃんに気があるのか？」

父親とこんな話をするなど、さすがに気まずい。

けれど今を逃したら、小春さんを手に入れられるチャンスは二度と回ってこない気がして腹をくくる。

「ああ、そうだ。彼女のような女性となら、明るい家庭を築いていけると信じている」

肯定とともにそう加えたところ、珍しく父の瞳に動揺の色が滲んだ。

「千隼……。父さんたち夫婦が幼いお前をほったらかしにしたのは、本当にすまなかった」

ああ、そのことかと納得がいく。

「もう今さらだ。俺は父さんたちを一度も恨んだことなんかない」

そう本音を告げれば、父は寂しそうな笑みを浮かべた。

「俺が彼女や正樹さんにとって条件の悪い男だとわかっている。将来は海外を行き来する生活になるせいで、彼女から紅葉亭の仕事を奪ってしまう。それに正樹さんともなかなか会えなくなる」

「間違いないな。しかし考えようによっては、正樹の知らない誰かに嫁がせるより見知った千隼が相手の方があいつも安心できるかもしれない」

小春さん自身の気持ちはわからないが、正樹さんにそう思ってもらえるならありがたい。

「彼女が俺を拒絶するのなら、そのときは潔く身を引く。だから一度でいいからチャンスが欲しい」

父親に頼み事をするなどいつぶりだろうか。

「わかった。見合い自体は正樹も反対しないだろう。選ぶのは小春ちゃん自身だ」

父は少しの迷いもなく答え、俺ももちろんそうだという意思で強くうなずき返した。

その後父がどう話を持っていったのかは知らないが、正樹さんも賛成した上で、すぐさま見合いの場が設けられた。

小春さんには、なにかを強要するつもりはいっさいない。

優しい彼女のことだ。相手が誰であれ父親に持ちかけられた話となれば、断りたくても言い出しづらいかもしれない。それが見知った俺ならばなおのこと。さらに親同士の良好な関係がプレッシャーになるだろう。

近しい間柄にありながら俺が一方的に気持ちを告げて強引に迫ったら、父らに配慮して無理にでも結婚に合意しかねない。

そんな懸念から、見合いの席では積極的なアプローチをしないでいようと決めていた。けれど、俺の決意は変わらない。

指定した料亭に現れた小春さんは、あきらかに戸惑っていた。どうやら、相手が俺であると知らされていなかったようだ。

だがそこに拒絶の気配はないと見えて、俺は密かに安堵した。

真っすぐな気持ちでプロポーズすると、小春さんは最終的にうなずいてくれた。

間の悪いことに、見合いの直後に俺のベルギー行きが決まった。すぐさま正樹さんと小春さんに伝えたところ、急な話に驚きながらも海外赴任は覚悟の上だと承諾してくれたのは助かった。

それからというもの、引き継ぎなどに追われて彼女と過ごす時間も満足に取れなくなっていく。あちらへ渡る前に少しでも小春さんとの距離を縮めておきたかったが、なかなか思うようにいかない。

それでもなんとか時間を捻出して、一度だけ映画に誘うことができた。

車で迎えに行き、助手席に乗せる。たったそれだけで、小春さんは恥じらって頬を赤く染めていた。

そんな反応を見せられたらたまらなく愛しさが増すが、俺の気持ちを一方的に押しつけて先走ってはいけないと踏みとどまる。

いかにも経験のなさそうな彼女の信頼を勝ち取るためには、ゆっくりと仲を深めていきたい。そんな気持ちから、すぐに関係を迫るようなことはしないと自分を律した。

そうしてお見合いから三カ月ほどして、俺と小春さんは婚姻届を提出して夫婦となった。

彼女の心の片隅には、父親の友人の息子が相手だからという配慮がいっさいなかったとは思わない。だが小春さんが見せるやわらかな笑みに、少しは俺に対する好意があると信じていいだろうか。

妻となった小春さんを、全力で愛して必ず幸せにする。そんな誓いを胸に、ふたりで飛行機に乗り込んだ。

「小春」

俺を意識させるために、ベルギーに着いてから呼び方を変えた。それだけで恥ずかしがる彼女が愛しくて仕方がない。

最初こそ仕事に追われてなかなかふたりで過ごせなかったが、それでも寝室をともにすることは受け入れてくれた。

それに気をよくしていたが、彼女からふわりと漂うソープの香りに理性を揺さぶられてつらい。

ここで強引な行動に出ても、もしかしたら小春は受け入れたかもしれない。けれどそんなことばかり急いで体が目的だと思われたくないと、苦行のような時間を耐え抜いた。

仕事が落ち着いてようやく余裕ができた頃、小春とふたりでブリュッセルの街へ出かけた。

そろそろ我慢は必要ないだろうと彼女を甘やかしはじめる。初めての場所にはしゃぐ姿がかわいくて、ついからかったりもした。

昼間はそんな無邪気な姿を見せていたというのに、風呂上がりの小春は女性の色気にあふれているから困る。

白いうなじを無防備にさらし、ゆったりとしたナイトウェアからは寝返りを打ったびに鎖骨が見え隠れする。小春がすっかり俺に気を許してくれているのはうれしいが、こちらとしては理性を試されている気になった。

ある晩はこらえきれず思わず口づけしそうになったものの、初めてのキスが自分の欲望に負けた結果になどしたくないと必死に自制した。とはいえ我慢がきかずに額に口づけたが、彼女に拒否する気配はいっさいなくてほっとした。

親密なやりとりを通して、ずいぶん仲を深められたと思う。

俺の我慢も正直に言えばもう限界だった。小春のすべてがほしい。

さらに一歩踏み出そうと決めたタイミングで、日本にいる正樹さんが事故に巻き込まれたと連絡が入った。

命に別状はないとはいえ、状況はあまりよくない。動揺する小春を慰めるのに、まだ距離の詰めきれていない俺には腕をさすってやるくらいしかできなかった。

これほど離れていてはリアルタイムの詳細がわからず、彼女は見ていられないほど憔悴していく。

俺自身も小春の実家が気がかりで父と連絡を取ったが、とても〝大丈夫〟のひと言では片づかない事態のようだ。近居で手助けが可能な親戚もおらず、義祖父とふたりではどうにも手が回らないだろう。

彼女を家族から引き離して本当によかったのかという思いが頭をよぎる。

せめて小春の不安を軽くしてやりたい。それにはやはり、帰国させるのが一番なのだろう。

俺に遠慮する彼女を、なんとか説得する。

小春の判断ではなく俺が帰るように後押ししたとなれば、彼女の中の罪悪感も薄れるだろう。

それから早々に日本へ帰る手続きをした。

正樹さんの様子を聞いて、少なくとも数カ月単位の滞在になるだろうと検討づける。

紅葉亭の経営も考えたら、さらに長くなる可能性もある。

新婚早々で離れ離れになるのはさすがに残念だが、こんな事態なのだから仕方がないと受け入れた。

大事なのは小春を安心させてやること。そのためなら、少しの我慢くらいなんでもなかった。

帰国した彼女は、すぐに行動を起こした。

正樹さんを見舞いながら、義祖父と相談して閉めていた店の再開を模索する。その状況は、毎日送り合うメッセージの中で伝えてくれていた。

だが、新たに若い料理人を雇っていたのは知らなかった。

もちろん小春が意図的に隠していたとは思わない。実家の状況に精神的に追いつめられていただろうし、忙しさで伝え忘れていただけだろう。

そう思ってはいるものの、やはり妻のそばに同年代の男がいるのは妬けてしまう。おまけに小春は、新しいメニューの開発にその岡本という料理人を頼りにしていた。

決して彼女にやましいところはなく、仕方がないと理解している。やるせない思いは、仕事にぶつけるほかなかった。


小春が帰国して四カ月ほどが経った頃、ベルギーに戻る時期はどうしようかと何度か相談を受けた。

正樹さんが完全に復帰するまでと、彼女の帰国を引き延ばしたのは俺の方だ。再び日本へ戻れる機会はあまりないだろうし、なにより小春を後悔させたくない。そんな思いからの配慮だった。

彼女に告げた言葉とは矛盾するが、電話越しの小春の声に会いたい気持ちが募っていく。けれどただでさえ追い詰められている彼女を心配させるわけにもいかず、こちらのことは気にしなくてもいいと言い聞かせ続けた。

話している彼女がたまに言いよどむ様子だったのは、なかなかベルギーに戻れないうしろめたさからか。もう少し日本にいてかまわないと促した俺に、彼女は迷った後に同意した。

それから二カ月ほど経ち、正樹さんもようやく仕事に戻ることができた。

けれど、そろそろ小春が日本を発つ日を決めようとしていたタイミングで、こちらの状況がガラリと変わっていく。

他国で起きた紛争の影響で、ブリュッセルの街中には難民がどんどん増えている。その整理が追いつかず、次第に治安が悪化していった。

そんな中で海外に慣れない小春を呼び戻すなど、俺が安心できない。

タイミングの悪さが悔しくはあったが、これぱかりはどうしようもない。状況を説明して、彼女にはもうしばらく日本にとどまってもらった。

会えない間も、もちろん連絡を欠かさなかった。

クリスマスには、時間の都合をつけてテレビ電話をつないで一緒に過ごした。

俺からはネックレスを贈り、まさか用意されているとは思ってもいなかったようで小春はかなり驚いていた。

実際に身につけて、うれしさを隠しきれない様子ではにかむ小春がかわいくて仕方がない。

『千隼さん、ありがとう。毎日つけるから』

その弾んだ声を聞けただけで満足だ。

直後に自分は用意できていなかったと申し訳なさそうにする彼女に、『次に会えたときに小春をもらうから』と軽い口調で告げる。途端に彼女は頬を真っ赤に染めた。

年末には、正樹さん不在の紅葉亭を守りきってくれた従業員をねぎらう忘年会を開いたという。メッセージとともに送られた写真の中心には、すっかり元気になった正樹さんが映っていた。

その横で小春が満面の笑みを浮かべており、さらになぜか父が紛れ込んでいる。

見知った面々の中に、知らない男の存在があった。彼が料理人の岡本という男か。

ずいぶん酒を飲んだのか、頬が上気している。酔った勢いで小春に絡んでいやしないかとやきもきさせられた。

さらにこのメンバーで、三月最後の店休日に花見に出かけたらしい。結束力が高いのはよいことだが、彼女の近くにいる男の存在を脅威に感じてしまう。

俺の大人げない部分など小春には見せたくない。不安や悔しさを悟られないよう、再会できる日を待ち続けた。

そうこうしているうちにベルギーに来て二年が経ち、小春が戻ってこられない間に俺の帰国が決まった。

まとまった時間もつくれず、俺自身の帰国もままならなかった。帰れないとは予想していたが、まったく会えないのは正直に言えばつらすぎた。

ようやく彼女と一緒にいられる。そう思えば鬱屈とした心は晴れて、飛行機に乗り込む足取りも軽くなる。

小春はどんな顔で俺を迎えてくれるだろうか。

真っ先に浮かんだのは、いつもの明るい笑顔だ。

もしかしたら電話で何度もこぼしていたように、本場のスイーツをもっと食べたかったと不満に唇を尖《とが》らせるかもしれない。その表情ですら、間違いなくかわいらしいのだろう。

彼女を慰めるための土産は買い込んであるが、納得してくれるだろうか。

そんな幸せな想像をしながら、窓の外の青空を眺めた。

二年越しの新婚生活

私が日本に戻って、二度目の桜シーズンがやってきた。暖かな日々が続き、心なしか街を行き交う人の足取りも軽やかになっている。特別によいことなどなくても、自然と浮かれる時季なのだろう。

父の負った大ケガは完全に癒え、祖父とバトンタッチして再び店を取り仕切るようになった。

手伝いに来てくれていた岡本さんは、その後も父の下で料理の勉強を継続中だ。

父はやる気に満ちた岡本さんをずいぶん気に入っており、彼の方もそれに応えようと努力を怠らない。その様子に、いずれは岡本さんが紅葉亭を継いでくれるのかもしれないとひそかに期待している。

父の復帰した日は、話を聞きつけて来てくれたなじみの客が盛大に祝ってくれた。ずいぶんと照れくさそうにしていた父だが、まんざらでもない様子だった。

そんな姿に、私が帰国して紅葉亭を守り抜いたのは間違いではなかったと満足している。

祖父は『今度こそ本当にしまいだ』と再び引退して、気ままな生活に戻っている。

少しくらいゆっくりすればいいのにという私の言葉を聞き流した祖父は、友人に会いに行くと出かけていった。おそらくそれは口実で、本当は酒蔵を回ってくるつもりなのだと想像している。

千隼さんは先日、四月の初めに日本に戻ってくることになったと教えてくれた。そのまましばらくは国内勤務になるという。

その知らせに心が浮き立ったのは確かだが、彼と顔を合わせるのに躊躇する。

結局、私はベルギーに戻らないまま今に至る。

他国で起こった紛争は、停戦を挟みつつ今でも続いている。その影響を不安視した千隼さんや両家の父親が、私の再訪に待ったをかけ続けていた。

外交官の妻ならばそんな事態も想定の範囲内で、国は渡航制限を出していないと主張してみたが、三対一ではかなうはずもない。

最終的に千隼さん本人から『小春を危険にさらすわけにはいかない』と言われてしまえば、従うよりなかった。

渋々とはいえ納得して日本に残ったはずなのに、これでは結婚した意味がないと気が滅入る。

名ばかりの妻でしかない現状がもどかしい。

山科さんのように、彼と同じ目線に立てる女性だったら、現地でともに支え合っていけたのだろうかと何度も考えた。

カフェで話をして以降、紅葉亭にやって来た山科さんは私に感情の読めない複雑な表情を向けてくる。

そこに込められているのは、過去の話を聞かせたという後悔なのか。それとも、千隼さんの役に立てていない私への非難だろうか。

はっきりなにかを言われたわけでもないのに、彼女を見るとどうしても責められているような気になる。つい視線を逸らす私を、山科さんはどう思っているのだろうか。

千隼さんには、山科さんとの関係をどうしても尋ねられなかった。

そのくせ彼女の話を幾度となく思い返す。そうするほど、ふたりは両想いだったのではないかと信じそうになっていた。

千隼さんはとにかく優しくて、とても誠実な人だ。たとえ山科さんへの想いが残っていたとしても、結婚したからには無条件で私を尊重するのではないか。

もしくは誠実だからこそ夫婦の体をなしていない私とは別れて、今でも想い続けてくれる彼女を選ぶのかもしれない。

千隼さんから話を聞く勇気もないのに、そんな勝手な想像ばかりしていた。

沈みがちな私を見て、広大さんは『千隼に会えなくて寂しいと思ってくれているんだね』と、どこかうれしそうにする。

事実は打ち明けられず、それに対して曖昧な笑みを返した。

父は『自分のせいですまない』と、幾度も謝罪する。そのたびに私は、自身も帰国を望んだし、戻れなくなったのは不安定な世界情勢のせいなのだから謝る必要はないとなだめている。

千隼さんが日本に戻れば、大きな不安もやり場のない気持ちも解消されるだろうか。

悶々としながら、彼の帰国をただひたすら待ち続けた。

千隼さんが帰ってくる当日になり、いち早く迎えようと空港へ向かう。

彼は、私を見てどんな顔をするだろうか。

この二年間、連絡は途切れずに続いていた。

クリスマスにはサプライズでプレゼントを贈ってくれたし、短時間とはいえテレビ電話をつないで特別な日を一緒に過ごしてくれた。

どちらかといえば私が近況を伝える機会の方が多かった。でも彼の方も、今取り組んでいる仕事を噛み砕いて話してくれたり、通勤途中で見かけた季節を感じさせる光景の写真を送ってくれたりしていた。

山科さんが彼に会いに行った話はまったくしてこない。

彼はそれを私に伝えるまでもないささいなことだと捉えているのか、それとも伝えられない話だと考えているのか。やはり真相は一度も尋ねられなかった。

会いたいのか、会いたくないのか。そう問われたら、会いたいに決まっている。けれど、顔を合わせるのが少し怖い。

強張った表情のまま、空港内を足早に進む。

今日は天気が良好で、気持ちのよい青空が広がっていた。運行状況に乱れもなく、おそらく千隼さんの乗った便も定刻通りに到着するだろう。

到着ロビーに着いて時間を確認したところ、来るのが早すぎたとようやく気づく。

不安だのなんだのと思いながら、結局は彼に会いたくて仕方がないという本心が隠しきれていなかった。

一緒に暮らしていたとき、仕事から帰った彼は私の顔を見ると必ず笑みを浮かべた。それだけで私の胸が満たされていたことに、千隼さんは気づいていただろうか。今日もあの笑みを見せてくれたらきっと安心できそうだ。

それに、不安だった私を勇気づけるように腕をさすってくれた温かな手と、今度こそつないでみたい。

片隅の壁に背をあずける。そうして千隼さんの姿を見逃さないように、混み合うフロアを眺めていた。

「あっ」

たくさんの人が行き交う中でも、彼の姿は見間違わない。すばやく背を起こして、一点を凝視した。

まるで私のあげた小さな声が聞こえたかのように、千隼さんが顔を上げて辺りを見回した。そして私の姿に気づく。

ここへ来る道中は、なにかに急き立てられるように急ぎ足でいた。

それなのに今は、二年ぶりに彼の姿を目にして身動きが取れなくなっている。

先に動いたのは、千隼さんの方だった。

私を見つけた彼は小走りにこちらへ向かってくる。その様子をただじっと見つめた。

「小春」

低く心地よい声で私を呼びながら、彼は私の大好きな笑みを浮かべる。

それから身を屈めて顔を覗き込んできた。

千隼さんが驚いたように目を見開く。

なにも言えないまま首をかしげる私の頰を、彼の指がかすめていく。

次の瞬間、千隼さんの腕の中に閉じ込められていた。

「ただいま、小春」

「お、おかえり、なさい」

自身の震える声に、驚きを隠せない。

力の抜けた体を完全にあずけて、千隼さんを感じるように大きく息を吸い込んだ。

彼は香水をつけているわけでもないけれど、懐かしい匂いに包まれて胸が熱くなる。

「小春が泣いているのは、俺との再会を喜んでくれているのだと思っていいか？」

「え？」

指摘されて頰に触れる。そこで初めて、自分が涙を流していると知った。

「あれ？　え？」

彼からわずかに距離を取り、目もとを拭う。

「無意識だったのか。で、それは俺との再会に感極まった涙だと自惚れてもいいか？」

理由なんて、考えなくてもわかっている。

あれだけいろいろと不安になっていたのに、彼の姿を目にした途端に安堵してすっかり気が緩んでいた。

心配事はなにひとつ解決していないはずなのに、千隼さんを前にしたらすべてが吹き飛んだ。

今だけは、この幸せに浸っても許されるだろうか。

「自惚れるって」

その言い回しのおもしろさに、一拍遅れてくすりと笑う。

「千隼さんに会いたかった」

彼とどんな距離感で接していたのかと思い迷ったのは一瞬で、するりと本音がこぼれる。

二年前に帰国を決めたとき、こちらでの滞在は長期になるだろうと覚悟していた。けれど、これほど会えないなんて想定外だ。

再び彼の腕の中に閉じ込められて、その背に自分の腕を回した。

「勝手ばかりして、ごめんなさい」

「謝る必要なんてない。正樹さんたちの手助けをするように促したのも、危険だから日本にいるように言ったのも俺なんだから」

「でも……」

危ない状況の中に千隼さんだけを置いてきたのもまた、私の心に影を落としていた。

体を離した彼が、あらためて私の顔を覗き込んだ。

泣いた気恥ずかしさにうつむきがちになる。

「久しぶりに会えた奥さんの顔を、ちゃんと見せてよ」

甘い口調で請われて、そろりと顔を上げる。

視線が絡まった途端に、千隼さんは目を細めて愛しげに私の頬をなでた。

「ああ、小春だ。やっと触れられる」

ストレートな表現に、頬が熱くなる。

彼から求められているのを感じて、再び目頭が熱くなった。

「小春の泣き顔にはそそられるが、他人の目にさらすのは嫌だな。俺たちの家に、早く帰ろうか」

千隼さんはこんな物言いをする人だったかと疑問に感じつつ、促されるまま体勢を整える。それから自然の流れで手をつながれる。私のひそかな願いは早くも叶い、戸惑う間もないまま歩きはじめた。

今日から私たちは、またふたりで暮らす。

彼の足取りが軽やかなのは、私と同じようにそれを待ち望んでくれていたからだとプラスに捉えておく。

どこかのタイミングで山科さんの話を出すべきかと迷っていたが、このよい雰囲気に水を差すような真似はしたくない。

本当は怖くて聞けないだけなのに、ほかの言い訳を見つけてごまかしながら歩き続けた。

私たちが借りたマンションはお互いの実家からもそれほど離れておらず、千隼さんの職場へのアクセスもよい場所にある。ベルギーにいた彼とたくさん検討して決めた部屋だ。

彼は私に、日本にいる間はしたいように過ごしてほしいと言ってくれている。仕事を続けるのも辞めるのも、私に任せるというのだ。

千隼さんは今後もフランス語圏の国へ赴任になるだろう。だから私は、今のうちから本格的に語学の勉強をしようと決めている。

それから、週に何日かは紅葉亭の手伝いもするつもりだ。新しく仕事を探そうとも考えたが、どうせならそのまま店の手伝いをしたらどうだと言ってくれたのは千隼さんだった。

「ただいま」

玄関を開けて、誰もいない室内に声をかけた私を彼が小さく笑う。

くるりと背後を振り返り、満面の笑みを浮かべた。

「おかえりなさい、千隼さん」

「ただいま、小春」

目を細めながら彼が返してくれる。その顔には、再びあの笑みが浮かんでいた。

直後にぱたりと玄関が閉じる。それと同時に、千隼さんに抱きしめられていた。

「ちょ、ちょっと、千隼さん？」

急にどうしたのかと、ドキドキしながら彼の背をポンポンと叩く。

「もう少しこのままで。ようやく小春といられると思うと、たまらなく幸せだ」

長く離れていたせいなのか、さっきから千隼さんの言動がやけに甘い。

結婚してからというもの、千隼さんは少しずつ私と打ち解けてくれていたように思う。ただ夫婦というにはふたりの距離は遠くて、これから関係を築いていくところだった。

わずかとはいえ心が近づけたと感じていたのに、私の帰国で再び開いてしまうかもしれない。そんな懸念は途切れず続いたやりとりで解消されたが、山科さんという存在に不安をかき立てられた。

彼の妻として本当にふさわしいのは私なのか。

山科さんだったら、間違いなく千隼さんを近くで支えられたはず。そんなふうに考えて、会いたいと言ってくれても素直に受け止められなかったときもあった。

でも今目の前にいる彼が求めているのは、間違いなく私だと感じられる。

「ずっと小春に会いたかった」

私も寂しくて、早く会いたかった。けれど帰国したそもそもの原因はこちらにあったから、そんなわがままは言えるはずがない。

「小春も、そう思ってくれていたか？」

背中に回された彼の手に、わずかに力がこもる。

「もちろん。いつも千隼さんからの連絡が楽しみで。電話だって、切るのが惜しくて少しでも長引かせようとしてた」

ただ彼の声を聞いていたくて、無意味に話題をつないでいたのには気づかれていただろうか。

「よかった」

彼の吐息が首をかすめ、体が震える。

ようやく私を解放した千隼さんは、私の顎に手を添えて上向きにさせた。

わずかに顔を傾けながらゆっくりと近づいてくる。口づけをされるのだと気がついて、とっさに目を閉じた。

鼓動が痛いほど打ちつける中、お互いの唇が重なる。やわらかな感触の心地よさに胸がいっぱいで、それまで抱いていた不安がかき消されていく。

ゆっくりと顔を離されて、名残惜しさに彼の唇を目で追った。

もっと千隼さんで満たされたい。それを訴える勇気はないけれど、離れていかないでほしいという気持ちを込めて、彼の服を握りしめた。

「ん……」

私の期待に応えるように、もう一度口づけられる。

無意識のうちに甘い声が漏れ、彼の舌に促されるまま小さく口を開けた。その途端に口内に熱い舌が侵入してくる。

ゆっくりと暴いていくのは、慣れない私を驚かせないようにしてくれているのだろうか。

どうしていいのかわからず、彼にすがりつく手に力がこもった。

口内をあますことなく探った千隼さんの舌は、ついに私のそれを捉えて優しく絡ませる。

表面を擦り合わせ、合間で軽く吸われて背中がゾクリとした。なんとも言えない快感に、どんどん夢中になっていく。

ようやく顔を離されて、あふれそうになったどちらのものともわからない唾液を飲み込んだ。

呼吸はすっかり乱れ、恥ずかしさに下を向く。

「小春」

髪をなでられて、小さく肩が跳ねた。

「早急なのはわかっているが、君が欲しい」

珍しく余裕のない彼の声音に、ますます鼓動が速くなる。

彼がなにを求めているのかを察して、ぶわっと全身が熱くなった。

どうしようもない恥ずかしさはなくならないが、関係を進める覚悟は結婚を決意した時点でできている。もちろん義務ではなくて、相手が千隼さんだからそう思えた。

この急な展開に戸惑いはあるものの、あれから二年近く経ってもその気持ちは変わらない。

彼とひとつになれたら、ずっと居座り続ける不安も完全になくなるだろうか。そんな考えも頭をかすめたが、それ以上に愛しているから私も千隼さんが欲しいと願う。

うつむいたまま、小さくうなずく。

途端に横抱きにされて、慌てて彼の首に腕を巻きつけた。

室内の様子は彼も事前に写真で確認しており、すべて把握しているはず。家具など生活用品は、一緒に相談しながら私が準備をしておいたから不自由なく過ごせる。

無言のまま、迷いなく廊下を進む。向かった先は寝室で、ベッドの上にそっと降ろされた。

隣に座った千隼さんが、熱い眼差《まなざ》しで私を捉える。

再び口づけられ、恐る恐る私からも舌を差し出した。

彼の舌がさっきよりも激しく絡みついてくる。

私を心から求めてくれているのが伝わり、少しだけ大胆になる。こちらからも積極的に舌を動かすと、口づけを止めないまま強く抱き寄せられた。

頬を伝う唾液もそのままに、しばらく没頭する。その間にまとっていた服は彼の手で脱がされていった。

上半身は下着だけにされ、ベッドの中央に優しく押し倒される。

羞恥心と求められる喜びに、瞳が勝手に潤む。その滴《しずく》がこぼれ落ちる前に目じりに口づけた千隼さんの唇は、頬を伝い首筋へと下りていった。

どうしたらいいのかわからず、両手はシーツを握りしめる。

なにかを確かめるように、彼の温かな手が何度も私の体の輪郭をなぞっていく。その温もりに安堵しつつ、鼓動は激しいままだ。

下着の上から胸もとに触れられる。ハッとして無意識に閉じていた瞼を開けると、それに気づいた彼と視線が絡んだ。

いつもの千隼さんは、冷静で落ち着いた男性だ。それなのに今は、その瞳に情欲の色が見え隠れしている。

徐々に余裕をなくしていく彼の姿に、下腹部の奥がきゅっと疼《うず》く。握りしめていた手にさらに力がこもった。

目を合わせたまま再び深く口づけられ、没頭しているうちに下着がはずされていた。

「綺麗だ、小春」

体形の維持を心がけていたとはいえ、自信などまったくなくて途端に恥ずかしさが込み上げてくる。

フルフルと首を左右に振った私の頬に、彼の手が添えられた。

「本当に綺麗だよ」

それから彼は、私の胸もとに口づけを落としていった。

チクリとした痛みが走った箇所に目を向けると、赤く色づいていた。それがキスマークだと遅れて悟り、頬が熱くなる。

胸に添えられた彼の手が、緩急をつけながら刺激を与えてくる。痛みを感じない程度に加減されているが、私の方がそれでは物足りなくなってきた。

「あっ」

彼の指が胸の頂をかすめた瞬間に声をあげた。それに満足そうな顔をした千隼さんが、おもむろに先端を口に含んだ。

「はっ……あぁ」

舌で転がされ、甘噛みされる。

もう片方は絶えず指で刺激を与えられ、たまらず背を反らせた。そうすることでむき出しの胸を彼に押しつけてしまうのに、初めて与えられた快感にかまっていられなくなる。

静寂な室内には、絶えずあげる私の嬌声が響いている。

胸もとの愛撫に翻弄されている間に、彼の片手が下腹部をすべっていく。足の付け根をさらりとなでられて、全身が小さく跳ねた。

息を荒らげる私にかまわず、千隼さんは残っていた衣服もすべて取り払っていく。

それから彼は、脚の間の茂みにそっと手を這わせた。

「やぁ……」

羞恥心は快感に塗り替えられて、強い刺激に背中がゾクゾクする。

無意識のうちに体をよじって抗うと、逃げ腰になった私を彼が優しく押さえ込んだ。

どうしていいのかわからなくて、逃げる代わりに彼の背にすがりつく。

未知の感覚に怖気づいた私に、千隼さんが慰めるように口づけてくれた。

舌を絡ませることに夢中になっているうちに、彼の指が体の奥へ入ってくる。異物感に眉間にしわを寄せたが、しばらくすると慣れてくる。

下腹部の疼きが止まらず、きつく瞼を閉じた。体が小刻みに震えだし、彼の背に添えていた手に力がこもる。

「あぁ……」

大きく膨れた快感は一気に爆《は》ぜ、背を大きくのけ反らせる。

私に覆いかぶさった千隼さんは、顔中にキスを降らせていった。

全身の力が抜けて、気だるさに包まれながらぼうぜんとする。

その間に彼は、体を起こして服を脱ぎ捨てていく。

再び戻ってきた千隼さんと視線が絡む。

「小春」

焦がれるように呼ばれて、小さくうなずき返した。

再び覆いかぶさり、私の様子をうかがいながらゆっくりと腰を沈めていく。

かたくなにシーツを握りしめている私に気づいた彼は、優しくほどいて自身の首もとに添えさせた。

「つっ……」

初めての痛みに、瞼をきつく閉じて唇を噛みしめる。思わず爪を立てているが、気にする余裕はない。

全身を強張らせる私をなだめるように、優しく口づけられる。つられて目を開けると、額に汗を浮かべた千隼さんが申し訳なさそうな顔をした。

「すまない。少しだけ我慢して」

うなずき返す前に深く口づけられる。

さっきファーストキスを体験したばかりだというのに、私がすっかり虜になっているのはもうお見通しだろう。痛みは頭の片隅に追いやられて、必死に舌を絡ませた。

「はあ」

艶めく吐息をこぼした千隼さんが、私を優しく抱きしめた。

ふたりの間には少しの隙間もなく、お互いの腰が密着する。ようやく彼とひとつになれたのだと、幸福感に包まれた。

「ずっと小春が欲しかった」

耳もとでささやかれて、小さく体を震わせる。

離れていた間のやりとりで『次に会えたときに小春をもらうから』と言われたが、冗談まじりの言葉だと思っていた。

もしそれが彼の本音なのだとしたら、これほど幸せなことはない。私の中には、ただ愛しさだけがあふれ出した。

私を抱き込む彼の腕に、さらに力がこもる。触れる素肌が心地よくて、目を閉じて彼の温もりを全身で感じた。

しばらくして、体を起こした千隼さんがゆっくりと動きはじめる。

痛みはさほどないものの、初めての感覚を受け入れるだけで精いっぱいだ。

「あぁっ」

なにがなんだかよくわからないでいたが、体の奥の一点をかすめた瞬間に大きな声が漏れる。途端になんとも言えないむずがゆい快感が全身を支配した。

目を細めて私を見つめた千隼さんは、それから同じ箇所を繰り返し刺激してくる。

「あっあっ……」

強い快感に、恥じらいも忘れてあられもない声をあげた。

それから千隼さんに必死にしがみついたまま、自らも追い求めるように自然と腰を揺らす。

閉じた瞼の裏が次第に白んでいく。それに呼応するように、千隼さんの動きが激しさを増した。

たまらず手足をぎゅっと握り込む。

その直後についに絶頂を極めて、悲鳴のような嬌声をあげた。

同時に動きを止めた千隼さんが、ガクガクと痙攣する私の体をかき抱いた。

抱きしめ返す力はもう残っていない。四肢を投げ出し、ぼんやりと天井を見つめた。

鼓動が落ち着きを取り戻した頃、隣に横たわった千隼さんが私を抱き寄せる。

彼の胸もとに頬を寄せて、そっと瞼を閉じた。

「愛してる」

かすみゆく意識の片隅でそう聞こえたのは気のせいか。

眠気に襲われて、確かめられそうにない。反応を返せないまま意識を手放した。

ようやく結婚生活を再スタートさせて、二週間ほどが経った。

「今夜は店の方へ寄るから、一緒に帰ろう」

「ありがとう。千隼さんもがんばってね。行ってらっしゃい」

仕事に向かう彼を玄関で見送る。

明るい調子で返した私に、目を細めた千隼さんがすばやく口づけた。

「ああ、行ってくる」

初めて肌を重ねてからというもの、日常生活の中でスキンシップが格段に増えた。

ベルギーにいた頃は少しずつ仲を深めていたが、再会してからは配慮を忘れずに、けれど遠慮がなくなったように思う。

彼に触れられるのはうれしくて、すべてを素直に受け入れている。

私を大切にしようとする千隼さんの態度に、不安要素はなにもない。だから山科さんについては考えないようにしている。

千隼さんを送り出して、家事に取りかかった。

最近の私は、週に二日ほどフランス語講座に通っている。

外交官として働く千隼さんの負担になるわけにはいかない。そのためにまずは言語の習得だとはじめてみたけれど、よい気分転換にもなっている。余裕ができたら、英語の勉強も本格的に取り組むつもりだ。

習い事のない日には、紅葉亭の手伝いを続けている。

私の希望でフルタイムの勤務ではなくしてもらったため、父は今後を見すえて新たに人を雇うと決めた。

昼を過ぎて、日に日に暖かさが増している。四月も中旬に入り、日に日に暖かさが増している。

店に着くと、父は仕込みをはじめていた。

「ああ、小春か。いつもありがとう」

結婚する前は、こんなにあらたまってお礼を言われた覚えがない。

もちろんねぎらわれなかったというわけではなくて、私は従業員として働いていたため店にいるのがあたり前だった。

「うん。お父さんも、お疲れさま」

父はなにげなく口にしているのだろうが、私はもうよそへ嫁いだ身なのだと自覚させられ、くすぐったいような気持になる。「ずいぶん気温が上がってきたから、そろそろ冷たいメニューの検討をはじめた方がいいかも」

仕事モードに頭を切り替えようと、明るい口調で提案した。

紅葉亭は祖父の代からの定番メニューに加えて、季節限定の料理だけでなく、その日の仕入れや父の気分でお薦めの一品を用意している。

「そうだな。とりあえず今日は新鮮なウドが入ったから、それを使った料理を用意するつもりだ」

ウドは都内でも栽培されており、知り合いの農家から手に入れたという。

「今日は酢味噌和えにしてみようかと考えている。さっぱりして、暑い日にはぴったりだ」

父の作るものはどれもおいしいのを知っているから、まだ食べてもいないのについ口もとが緩んだ。

お酢を使うのなら、お酒はあまり香りの強くないものが合いそうだ。酸味も控えめの方が料理の味を邪魔しないだろう。

尋ねられたらどんな日本酒を薦めるかを考えながら、準備に取りかかった。

時間になり、店を開ける。

一時間と経たないうちに五割ほどの席が埋まった。ほとんどがなじみの客だ。

それから、海外からのお客様もやって来る。ここ数年で増えており、予期せぬところでフランス語や英語が役に立っている。

もちろん父は流ちょうに話せるため率先して声をかけるのだが、それを目にした祖父の代からの常連客らは何事かと一様に驚いた。

「二代目って国際派だったんだな」

「そういやあ、外交官だったって言ってたな」

常連客にからかいと尊敬が混じったように言われて、父が照れ笑いをする。

「昔取った杵柄《きねづか》ですよ」

私もつたない言葉で料理やお酒を説明し、満足してもらえるように尽くしている。

そのやりとりが勉強にもなるからありがたい。

「いらっしゃいませ——あっ、千隼さん」

さっと時計に視線を走らせると、すでに二十一時を回っていた。

「こんばんは」

「お、旦那様のおでましだな」

彼の登場に、居合わせた常連客がはやし立てる。

「お仕事お疲れさま。ここに座ってね」

目立たない端の席に案内する。

私が紅葉亭で働いている日は、時間が合えば千隼さんも仕事帰りに立ち寄ってくれる。彼の方から、ここで食事を済ませて一緒に帰ろうと提案してくれた。

とはいえ、外食ばかりになるのは申し訳ない。せめてもの気持ちとして、事前に私が作っておいた一品も出すようにしている。

「ほかの人には内緒ね」

そう言いながらこっそり料理を差し出すたび、彼は心底幸せそうな顔をしてくれる。

「ありがとう。いただきます」

残りの仕事はほかの人に任せて、すばやく帰宅の準備をする。

私服に着替えて千隼さんの隣に座り、私も軽く食事を取った。

そろそろ帰ろうと、店の外に出る。入口が閉まると同時に、自然に手をつながれた。

歩きながら気兼ねなくおしゃべりができるこの時間は、私の楽しみでもある。

「――やっぱりね、海外から来た人の中には、生魚はどうしても苦手だっていう人もいるの」

千隼さんがやって来る直前にあった、海外のお客様の話を聞かせた。

和食に興味を持ち、ぜひ食べてみたいと言ってはくれるものの、慣れない食材や調理方法が無理だったというケースはたまにある。

「そうだろうな。苦手というのもあるが、以前スイスにいた頃は宗教上食べられないという方もいた」

「言われてみればそうだよね」

そのあたりは考えてもいなかったが、今後は店内のメニューに外国語表記を加えた方がいいかもしれない。

「あっ、でもね、日本酒を気に入ってくれる人はすごく多いのよ」

「たしか調査で、訪日した外国人の八割は日本酒を飲んでいると結果が出ていたよ。酒蔵見学なんかも人気があるそうだ。日本酒は、やはりもっと国外への販路拡大を目指していくべきかもしれないな」

仕事柄、千隼さんはこういう情報には敏感なのだろう。

日本酒を飲んでみたいとやって来た方には、最初は嗜好を聞きながら提供した料理に合う王道の銘柄を薦めている。

それから店内に飾られた瓶に目を向けて、違う種類に興味を持ってくれる人もいた。

「私から見たらワインのボトルなんてすごくオシャレだけど、海外の人には酒瓶も見ていて楽しいみたいで」

「へえ」

それから私は、とくに興味を惹いていた数種類の日本酒やそのパッケージのおもしろさを彼に語って聞かせた。

お店に関する内容ばかりで飽きさせていないかとこっそり表情をうかがうと、目が合った途端に優しく微笑み返された。

「小春が楽しそうで、よかった」

「え？」

そんなふうに言われるとは思わず、つい気の抜けた声が出る。

「結婚する前に、紅葉亭で生き生きと働く姿を見てきたから。それを取り上げるのは、なんだか申し訳なかった」

「千隼さん……」

短期間だったとはいえ、ベルギーにいた間は仕事を離れていた。でも私は紅葉亭から手を引いたのを、千隼さんのせいだとか取り上げられたなんて考えたことはない。

彼と結婚するからには仕事を続けられないだろうとわかっていたし、海外暮らしになるのも納得していた。もちろん、縁談を勧めてきた父だって承知している。

むしろこうして今でも自由にさせてもらえる方が予想外で、千隼さんには本当に感謝しかない。

「私、そんなふうに思っていないから」

私たちの結婚を、彼には負い目に感じないでほしい。

「たしかに紅葉亭は私にとって大事な場所だし、実家のことはいつも気になってる。でも、皆が元気でいてくれるのならそれでいい。紅葉亭は私じゃなくても手伝える人がいるけど、千隼さんの奥さんは私だけだし」

そこに感じるどうしようもない寂しさは否定しないが、それ以上に千隼さんのそばにいたいと願っている。

大胆な発言をしていると気づいて、だんだん声が小さくなった。

同時に彼には私以外の選択肢もあったのではと浮かんだが、今はそれよりも羞恥心の方が勝る。

不意に千隼さんが歩みを止めた。

慌てて私もそれに続き、半歩うしろを振り返る。

「小春」

つないでいた手をほどかれたと思ったらふわりと抱きしめられて、一拍遅れて鼓動が騒ぎだす。

海外にいるときはともかく、人通りの多い場所で千隼さんがこんな行動に出るなんて意外だった。

「小春。俺の奥さんになってくれて、ありがとう」

「それは私の方だよ。私を選んでくれてありがとう」

千隼さんに恋をして、大切なものを手放してでも一緒にいたいと願った。好きになった人に求められた喜びは、それほどまでに大きい。

感謝と好意を伝えたくて、私も彼の背に腕を回して抱きしめ返した。


それから二日経った金曜日の夜に、私は千隼さんと食事に行く約束をしていた。

「小春、そろそろ時間じゃないか」

「まだ大丈夫だけど」

昼過ぎから紅葉亭の手伝いに来ていたが、今日は開店準備を整えたら仕事は終わりだ。そろそろパートの丹羽さんが来る予定で、店は私がいなくても十分に回っていく。

千隼さんとの久しぶりの外食に私が朝からずっと浮かれていたのは、父にばれていたかもしれない。早く行くように促されてエプロンをはずした。

「じゃあ今日はこれで上がるね」

「ああ。楽しんでおいで」

父とともに仕込みをしていた岡本さんにも挨拶をして、店を後にした。

【すまないが、少し遅れそうだ。着いたら近くのカフェにでも入って、待っていてく

れないか】

移動中に受け取った、千隼さんからのメッセージに目を通す。

もともと店を予約した時間よりも早めに落ち合う予定だったから、少しくらい遅れても問題ない。それに父に急き立てられて店を出たため、千隼さんとの約束の時間までもずいぶんと余裕があった。

待ち合わせ場所である、彼の職場付近へ向かう。

霞が関の駅周辺はあまり立ち寄らないが、意外とカフェがたくさんあるらしい。ビジネスマンが商談に利用するため、かなり需要があるようだ。

遅れる旨を伝えてきた彼のメッセージには、時間をつぶすのにお薦めの店の情報まで追加されていた。その過保護さに苦笑しながら、紹介してくれた店舗を目指す。

着いた先は、千隼さんの勤める外務省の間近にある場所だった。

ひとりでも入りやすそうな落ち着いた雰囲気にほっとする。

席はほどよく埋まっており、パソコンを開いて作業している人もいれば数人で話し込んでいる人もいる。騒がしすぎず、けれども静かすぎるわけでもないところが心地よい。

おいしそうなチーズケーキがお薦めとあるけれど、食事前だから断念する。いつかまたこの辺りに来たときは千隼さんと食べてみたいと思いつつ、オーダーはコーヒーだけにとどめた。

窓際の席に座り、外を眺めながら千隼さんの到着を待った。

目の前の通りにはスーツを着た人がたくさん行き来している。紅葉亭では陽気な姿を見せる常連客たちも、日中はこんなふうに忙しくしているのだろうか。

気を張った一日を終えてから気晴らしに飲みに来てくれているのかと、見知った人の知らない姿を想像した。

入店からどれほど経っていただろうか。隣に人が立つ気配がして顔を上げた。

「え?」

千隼さんが来たのだと疑っていなかったが、思わぬ人物の登場に表情が強張る。

「お久しぶりですね、小春さん」

「山科、さん……?」

どうして彼女がここにいるのか。

通りがかりにたまたま私を見かけたにしても、過去の話を聞いて以来、気軽に声をかけ合うような関係にはない。

そう感じているのは私だけで、彼女は違うのだろうか。

「驚かせたかしら」

「い、いえ」

どう対応すればいいのかわからず、そわそわする。

「実は、千隼先輩にお願いされてきたの」

「千隼さんに？」

つい疑わしげな声音になる。

私がここで彼を待っていることを山科さんに話すとはどんな状況なのか。

顔をしかめる私に、山科さんは小さく苦笑した。

「ここ、失礼するわね」

許可を取るでもなく、止める間もないまま彼女は当然のように向かいの席に座った。

「すぐに対応しないとならない仕事ができて、彼、急いでいたのよ。ちょうど帰ろうとしていたところで先輩を見かけて、焦っているようだったからどうしたのか尋ねたの。そうしたら、すぐそこの店に小春さんがいるからよかったら少し相手をしてほしいと頼まれて」

以前の山科さんとの詳細なやりとりを、千隼さんには明かしていない。

ただ、彼がベルギーにいる間に店に顔を出してくれた程度には伝えてあるため、私と面識があるのは千隼さんも把握している。

困った顔になる山科さんを、遠慮がちに見つめた。

彼女に声をかけたのは、予想以上に遅れそうだという千隼さんの配慮なのだろうか。

「お手をわずらわせてすみません。私、ここで彼を待っているので、だいじょ——」

「先輩ったら、人を都合よく使っちゃって。まあ、昔からそんな気安い関係だったから、べつにかまわないんだけどね」

子どもではないのだから、ひとりで待っていられる。わざわざ来てもらって申し訳ないが、遠慮しようとしたのに山科さんがそれを遮った。

彼女の物言いは、千隼さんとの親密さを匂わされているようで心がざわめく。

ここ最近は忘れていた不安が、じわじわと私の心を支配する。耐えられず、視線を手もとに落とした。

「小春さん、紅葉亭の手伝いは頻繁にされているの？」

正面に座る彼女を、チラリと覗き見る。

こちらの心情に気づいていないのか、山科さんはいたってマイペースな様子だ。肘をついて両手を組み、その上に顔をのせて私を見すえた。

感じのよい笑みを浮かべながら尋ねられたというのに、言葉の裏を想像して責められている気になる。

実家の手伝いは千隼さんを蔑ろにしても続ける価値はあるのかと、彼女の鋭い視線が問いかけてくるようだ。

「え、ええ。毎日では、ないですけど」

声はわずかに震え、小声になっていく。

正直に答えた私に、山科さんは眉間にしわを寄せた。

どんな表情をしても、美人の彼女は様になっている。スタイルのよさを強調するタイトなスーツをピシッと着こなす姿は本当にカッコよくて、悩ましげな表情がそこへさらに色気を加えている。

この人にはかなわない。この完璧な外見だけでも、そう思わされた。

「外交官の妻が、それでいいのかしら？　これでは千隼先輩があまりにもかわいそうだわ」

山科さんにはよく思われていないのだろうとわかっていた。

以前カフェで話したときにも思ったが、おそらく彼女は今でも千隼さんへ好意を抱いており、彼の妻となった私を疎ましく感じている。

「私が紅葉亭で働くのは、千隼さんから提案してくれたので」

言い訳のように聞こえるのを承知で、事実を明かす。

「千隼先輩は、優しすぎるから」

山科さんはそこで言葉を切ったが、卑屈になっているせいか〝辞めろとは言えなかったのよ〟という続きが聞こえるようだ。

私の現状は、他者から見たら彼の優しさに付け込んで好き勝手しているように映るのかもしれない。

彼女の視線に耐えきれなくなって、再びうつむいた。

「赴任先の国の治安が悪化する中、結婚したばかりの奥様は帰国したまま戻ってこない。それを先輩は、どう思っていたんでしょうね」

声を荒らげるわけでも嫌みな言い方をするでもなく、山科さんは事実を淡々と述べていく。

「遅くに帰宅しても、結婚したはずの妻は不在続き。慣れない土地で食事の用意ひとつとっても大変だったに違いないわ」

私の至らなさをひたすら指摘する彼女の言葉に、精神的にどんどん追いつめられていく。正論すぎて、言い返すなんてできなかった。

やはりあのとき、周囲の反対を押しきってでもベルギーに戻るべきだったのだろうか。そもそも、父がケガを負ったとしても帰国するべきではなかったのか。

「なんのうしろ盾にもならないなら、せめて生活を支えるくらいの利点を求めたいのに、それすらままならない」

父親同士の関係を盾に取った、無意味な結婚だ。

彼と結婚してからの日々を思い起こすと、そう言われても仕方がないかもしれないと私ですら思えてくる。

「そ、それは……」

「今だってそうじゃないですか。夜遅くまで紅葉亭で働いて、彼の食事は店任せ。私だったら、愛する夫のためならなにを差し置いてでも支える覚悟があるわ。ずっと夢見てきた、今の職を手放してでもね」

ベルギーへの渡航は周囲が止めたとか、仕事については千隼さんが取り計らってくれたとか、言いたいことはたくさんある。

けれど彼女の覚悟を見せつけられたら、そのどれもが言い訳にしか聞こえない。

私に仕事の話をしたときの千隼さんは、どんな表情をしていただろうか。

表面上はにこやかであったとしても、妻とはいえ再会して間もない相手に本音を見せられなかった可能性だってあるかもしれない。

膝に置いていた手をぎゅっと握りしめる。

「家の事情があったとしても、数日ベルギーへ行くことくらいできたはずだわ。私だって休みを利用して行けたくらいだもの」

父のことは祖父に任せて、店はほかの従業員にお願いすれば、彼女の言う通りベルギーに行くのは可能だっただろう。

私はそれを、毎日連絡をくれる彼の優しさにかまけて怠ってしまった。必死になるあまりそんなふうに考えられなかったと思っても、もう今さらだ。

「いくら優秀な千隼先輩でも、まだ慣れない赴任先でひとり生活する不安は当然あったでしょうね」

彼女に指摘されて、私の自分本位な考えを後悔する。千隼さんは私に頼らなくてもひとりで大丈夫なのだと、どうして決めつけていたのか。いろいろと手いっぱいだった私に、彼自身不安だったとしても明かせるはずがなかっただろう。

それなのに私は、自分を必要としてもらえないことに不満を感じていた。

「先輩は他人に弱音を吐くような人ではないけれど、ベルギーで久しぶりに会ったときの表情はあきらかに疲弊していたわ。そんな姿に、どれだけ胸が苦しくなったか」

山科さんの表情が悔しげにゆがむ。

「千隼先輩が幸せなら、私は身を引くつもりでいました」
ハッとして、顔を上げる。
目の前に座った山科さんは、真剣な表情をして私を見つめていた。
私に敵対心をむき出しにしているようでいて、なにかを懇願しているようでもある
その瞳に囚われて、身動きが取れなくなる。
「彼を大切にできないのなら、私に返してください」
鼓動がドクリと嫌な音を立てる。彼女の切なげな声音が、私の胸をしめつけた。
〝そんなことはない〟と、すぐさま言いきれない。
もちろん彼のことは愛しているし、大切にしているつもりだ。
でもそれは、独りよがりなものになっていないだろうか。
いろいろと逡巡している間に山科さんがすっと立ち上がる。彼女は私からの言葉は
いっさい求めないまま店を後にした。
山科さんの追及に、なにひとつ反論できなかった。すべての指摘がその通りに聞こ
えて、非は私にあるのだと思わされた。
それまで感情をうかがわせない淡々とした口調だった山科さんが、悲愴感すら滲ま
せて〝私に返して〟と訴えた声が耳から離れない。

千隼さんは、彼女のものだった。

過去の話だとはいえ、ふたりの関係をはっきりと明かさないのは妻となった私への気遣いだったのだろうか。

私はまるで、想い合うふたりの仲を引き裂く悪役みたいだ。

「小春」

山科さんが去って、どれくらい時間が経っていただろうか。

うつむいてやり場のない感情にのみ込まれそうになっていたそのとき、頭上から声が降ってきた。

低く穏やかなこの声は、千隼さんのものだ。

「どうした？　具合でも悪いのか」

顔を上げない私に、千隼さんが心配そうに尋ねてくる。ひと言でも発すれば涙があふれ出しそうで、唇を噛みしめながら小さく首を左右に振った。

私の肩に手を置いた彼が、少々強引に覗き込んでくる。

色をなくしているだろう私の顔を確認すると、彼はすぐさま食事の予約をキャンセルして帰宅を決断した。

自宅に戻ってからも、大丈夫だと言う私の言葉を聞き流してあれやこれや世話を焼こうとしてくれる。仕事を終えて疲れているだろうに、私に献身的な彼を見ているとさらに申し訳なさが増した。「ごめんなさい」とだけしか言えない自分が情けない。

寝支度を整えて、千隼さんとともに早々にベッドに横になる。

彼の胸もとに抱き寄せられて、トクトクと伝わる規則正しい鼓動を聞いているうちに深い眠りに落ちていた。

「小春、なにか困っていないか?」

山科さんと対峙してから一週間が経ったが、気分は塞ぎ込みがちになり、千隼さんを困惑させている。それはわかっているが、自分でもどうにもできない。

「大丈夫だよ」

彼女のことを千隼さんに聞くのを避け続け、ひたすら「大丈夫」と繰り返している。

私たちはもう夫婦なのだし、簡単に揺らぐ関係ではない。そう信じたいのに自信が持てず、彼の前でうまく笑えなくなっていた。

私がまったく大丈夫でないのは一目瞭然なのだろう。

千隼さんに心配されるほどさらに追いつめられていくような気がして、空元気を装い続ける。

聡い彼がそれに気づかないはずがなく、ふとした折に眉を下げて私を見つめてきた。

その悪循環から抜け出せなくて、息苦しくて仕方がない。

なにかと彼に気を使わせて、困らせることしかできない私はやっぱり千隼さんにふさわしくないのかもしれない。

彼と同じ職に就き、その苦労も苦悩も知っている山科さんだったら、堂々と千隼さんの隣に立てるのだろう。私のように、なにかを負い目に感じることもなく。

「明日は、紅葉亭に行く日だったな？」

早く帰宅した千隼さんは、夕食後にリビングへ私を誘った。

隣り合って座り、私の右手をすくい上げて両手でそっと包み込む。

「う、うん。あっ、でも、そろそろ家のこともちゃんとしないとだめ、だよね」

彼と視線を合わせる勇気はなくて、うつむきがちにさまよわせた。

「家のこと、とは？」

唐突に切り出した私に、どうしたのかと千隼さんが首をかしげる。

「その、夜は自宅にいて、夕飯をちゃんと作って千隼さんを迎えるのが本来の夫婦なのかなって」

この一週間、千隼さんの役に立つにはどうしたらいいのかずっと考えていた。

矢野家はうしろ盾になるような力はないし、私では仕事の大変さも本当には理解してあげられない。それならせめて生活面で彼を支えたい。まさしく山科さんの言っていた通りだが、私が彼にしてあげられることはそれくらいしかない。

「本来の夫婦って、なんだ?」

千隼さんの声から怒りは感じない。ひたすら私を理解しようと努めてくれているのだと、その口調から伝わってきた。

「それは……」

なんて言えばわかってもらえるのかと逡巡する。

そうしている間に、千隼さんの方が先に口を開いた。

「小春の言う夫婦像って、夫が帰宅する頃には必ず妻が家にいて、夕飯を用意してくれるというものか? それと比較したらわずかにずれている俺たちは、夫婦とは言えないと?」

「そんなことない。けど……」

彼の言葉を否定しなければと、思い切って顔を上げる。

視界に飛び込んできた千隼さんの表情が寂しそうに見えて、途端に勢いを失った。

「なあ、小春。なにが正解かなんて、当事者が決めればいいんじゃないか?」

そうかもしれないが、どうしたって周囲の視線は気になる。

山科さんだけでなく、店に来る彼の同僚の中には、実家とはいえ遅い時間まで働く私をよく思わない人もいるかもしれない。

「俺の両親みたいに、家庭内よりも外とのつながりを大事にする夫婦もいる。そんなふたりの間に生まれた俺としては、幼い頃にまったく不満がなかったとは言わない。けどな、大人になってからでも親子の距離は縮められるし、また違った関係性を築いていける」

自分と父親との仲を、彼は前向きに捉えている。

幼少期の関係がどうだったか詳しくはわからないが、私はぎこちない親子が次第に打ち解けていく様子を目のあたりにしてきた。

なんだかんだと実父を邪険にしがちな千隼さんだが、本気で拒絶しているわけではない。広大さんが少々のわがままを言っても、最終的に彼は「仕方がないな」と許している。

「俺の両親は、一般的とはかけ離れているんだろうな。だが当事者である俺は、それを悪いとか間違っているとは思っていない。家族の形は、そのときどきで変わっていくものじゃないか？」

彼の表情の変化を見逃さないように、じっと見つめた。

本人の言うように、幼少期はたしかにつらい経験をしてきたのだろう。けれどそこに遺恨はないのだと、陰りのない彼の表情から悟った。

「なあ、小春。誰がなんと言おうと、俺は今の生活に不満はない。もちろん、ふたりきりの時間は大切にしたい。それと同じように、紅葉亭のアットホームな雰囲気を感じていたいんだ。あの場所が俺と小春の出会いの原点だから」

そこに私への遠慮は本当にないだろうか。私は、千隼さんになにかを我慢させてまで今の生活スタイルを守りたいわけではない。

私が彼の言葉をまだ信じきれていないと察したらしく、千隼さんは眉を下げて苦笑する。

「俺はな、小春。紅葉亭で働く、明るくて元気な小春を見ているのが好きなんだ」

千隼さんの口から〝好き〟と飛び出しただけで、鼓動がドキリと跳ねる。

「常連客らの冷やかしは……うん、それはともかく、彼らや正樹さんと話すのは楽しい。小春が俺だけのために作ってくれた料理はどれもおいしくて、周囲に自慢したくなるほどだ」

「ほ、褒めすぎ」

言葉を惜しまない千隼さんに、頬が熱くなる。

「小春とふたりで帰る夜道も貴重な時間で、こうして自宅で一緒にいるのとはまた違って気に入っている。だからな、小春」

千隼さんが正面から私を見つめる。その真剣な眼差しに、視線が囚われた。

「今の生活スタイルが俺たちらしいんじゃないか。もちろん、小春になにか不満があるならあらためるが」

「不満なんて、ひとつもない」

それだけは誤解させたくなくて、彼の言葉を遮るようにすばやく否定した。

わずかに驚いた顔をした千隼さんが、前のめりになる私を小さく笑う。

「そうか。ならよかった」

漂っていた緊張感が、徐々に緩んでいく。

山科さんの指摘にすっかり打ちのめされていたけれど、千隼さんが認めてくれるのならかまわないのではないか。

彼女の理想と千隼さんのそれは違うのだと、彼自身が教えてくれた。

彼の仕事を支えるのは難しいかもしれないが、いつか同伴をお願いされたときに足を引っ張りたくはない。そのために勉強を続けているし、次に彼の海外赴任が決まったときは必ずついていくと覚悟を決めている。

努力はまだまだ足りないのかもしれない。山科さんと比較したら、いたらないところばかりが目につく。

でも千隼さんは、それでいいと言ってくれる。

彼の許容に甘んじるつもりはないが、必要以上に自分を卑下する必要はないのだと思えてきた。

「それにしても、急にどうしたんだ？」

ふと肩の力が抜けたところで、千隼さんが尋ねてくる。

仕事の後に待ち合わせをしたあの日、私と山科さんが顔を合わせたのは、千隼さん自身が彼女にお願いしたくらいだから当然知っているはずだ。

そこでのやりとりを明かしたら、千隼さんは気を悪くするかもしれない。なにより、この場に不穏な話題を持ち込みたくなかった。

「ううん。今の生活のままでいいのかなって、自分が不安になって」

事実をまた隠してしまったが、私たちの間では同じ思いになれたはず。

「……そうか」

彼女とのことは、私の胸の内にとどめておく。

「小春には、今のままでいてほしい」

「うん」

ようやく笑みを浮かべた私に、千隼さんがすばやく口づける。

すっかり油断していたのもあり、じわじわと頬が熱くなった。

彼が帰国してすぐに、初めて肌を重ねた。以来、会えなかった時間を取り戻そうとするかのように何度も体をつなげている。

ようやく心身ともに親密な関係になれたけれど、それでも明るい中でのスキンシップは恥ずかしくて彼の目を見られない。

ふわりと抱きしめられて、全身が熱くなる。されるがまま、髪に口づけられる。

「小春」

甘くねだるような声に、ふるりと体が震えた。

これは千隼さんがベッドへ誘うときの合図だとわかっている。

彼の胸もとでコクリとうなずくと、瞬時に抱き上げられて寝室へと運ばれた。

本音をすべて明かせたわけではないけれど、千隼さんと話をしてから心がずいぶんと楽になった。

あの話し合いをしてから二カ月ほどが経過したが、穏やかに過ごせている。

私たち夫婦は今のままでいい。彼がそう言ってくれたのは心強かった。

千隼さんの職場には山科さんがいる。それを想像すると再び不安に陥りそうになるが、いつまでも塞ぎ込んでいるのは明るさが取り柄の自分らしくない。

今の自分にできることを精いっぱいやっていこうと決めて、雑念を振り払った。

午後になり、紅葉亭へ出向く。

父が休憩している合間に千隼さんに出すおかずを一品用意し、開店の時間を迎えた。

「ああ、生き返る涼しさだ。この暑さはたまんないねぇ」

開店時間を迎えて少しすると、なじみの客が来店した。

うんざりした彼の額には、大粒の汗が浮かんでいる。

店内は、涼を求めてやって来た客で徐々に埋まっていく。

「いらっしゃいま……せ」

そうして二十時半を過ぎた頃、千隼さんが店に顔を出した。

迎え入れる声をかけたが、その背後に立つ数人に気がついて戸惑う。

「すまない、小春。部下たちがついてきた」

彼の後から櫛田さんが続き、それから初めて来てくれた男性が入ってくる。

さらにその背後から顔を見せたのは、山科さんだった。

彼女はチラリと私に視線を向けたが、まるで興味などまったくないとでもいうようにすぐに逸らした。

「えっと……」

千隼さんの物言いから察するに、本当はひとりで来るつもりだったようだ。

その表情は見るからに不本意そうで、四人掛けに案内するべきか迷う。

瞬時に判断がつかず千隼さんの顔色をうかがうと、私と視線を合わせた彼は三人を振り返って伝えた。

「俺は離れているから、櫛田たちは三人で飲んでいてくれ」

「せっかく皆で来たんですから、千隼先輩も一緒に飲みましょうよ」

さっさといつもの端の席へ向かおうとした千隼さんを呼び止めたのは、山科さんだった。

その手は遠慮なく千隼さんの腕に添えられ、親密な仕草に胸が痛む。今は仕事中なのだと自身に言い聞かせて、必死に見ないふりをした。

もめればほかの客の迷惑になりかねず、千隼さんは彼女の手をどけながら渋々といった様子で従った。男性ふたりは先に隣り合わせで席に着いていたため、彼の横には山科さんが座る。

「騒がしくてすまない」

おしぼりを手渡す私に、千隼さんが申し訳なさそうに眉を下げた。

「大丈夫」

浮かべた笑顔は、引きつっていないだろうか。感情を隠しきる自信がなくて、オーダーを聞くとすぐに立ち去った。

これでは千隼さんだけにおかずを出すわけにもいかない。

連れの会話に相づちを打つ彼を横目に、そっと息を吐き出した。

「はい、先輩。どうぞ」

千隼さんたちの近くを通りかかったとき、山科さんの声が聞こえてきた。さりげなくうかがうと、かいがいしくおかずを取り分けた彼女が千隼さんに皿を差し出している。

「ああ、ありがとう」

千隼さんは淡々と返しており、親密な様子は感じられないことにほっとする。

「山科、飲みすぎじゃないか」

しばらくした頃に漏れ聞こえてきた千隼さんの声に反応して、彼らのテーブルに視線を向ける。

　これまで目にしてきた山科さんの様子から、ずいぶんお酒に強い人だと捉えていた。けれど今夜は、話が盛り上がって羽目をはずしたのかもしれない。

　頬を朱に染めた山科さんは、すっかり酔いが回っているのだろうか。隣に座る千隼さんを支えにするようにして、わずかに体をもたせかけていた。

「山科、しっかりしろよ」

　櫛田さんらがなだめても、酔ってご機嫌になっているだろう彼女は「大丈夫よ」と笑顔でかわす。

　千隼さんが彼女をなんとかどけさせるが、しばらくすると再び同じ姿勢に戻ってしまっていた。

「悪い酔いしすぎだぞ。高辻さんに迷惑をかけるな」

　櫛田さんに正面からグラスを取り上げられても、彼女は意にも介さない。彼の方もなんとかしようとしているのは伝わってくるが、向かいの席からではそれ以上の手助けもしづらいのだろう。

　私と目が合った櫛田さんが申し訳なさそうな表情をするから、なんだかいたたまれなくなった。

「小春。すまないがタクシーを呼んでくれないか？」

さすがに彼女を帰した方がいいと判断した千隼さんが、私に声をかけてきた。いくら酔っているとはいえ、山科さんはちゃんと受け答えができている。これならひとりでタクシーに乗せても大丈夫だと考えたようだ。

気づかわしげに千隼さんを見る部下のふたりに、彼は「山科はもう帰らせる」と告げている。続けて「せっかくの金曜日なんだから、二軒目にでも行ったらどうだ？」と促した。

「早く奥さんとふたりになりたいのが、バレバレですって」

茶化すように答えた櫛田さんに、「わかっているなら最初からそうしてくれよ」と千隼さんが苦笑した。

タクシーの到着を知らせると、千隼さんが山科さんに立つよう促す。

「おい、山科。しっかりしろって。俺が連れていくから」

すかさず櫛田さんが立ち上がった。

「嫌よ。千隼先輩がいいんだから」

彼女は冗談めいた口調で言うが、周囲は困惑を深めた。ふわふわした様子の山科さんは、彼のスーツの袖を掴んだまま一向に離そうとしない。

果たしてその言動は、本当に酔いからくるものなのだろうか。私は彼女の気持ちを察しているだけに、酔ったふりをしているのではとどうしても疑ってしまう。

上司である千隼さんに任せるわけにはいかないと、彼女の言葉を無視して櫛田さんたちが動きだす。

それでもかたくなな山科さんに、らちが明かないと思ったのか千隼さんがふたりを制した。

「仕方がない。俺が連れていくから」

少々うんざりしたようにそう言った彼は、立ち上がって山科さんを支えた。

ふたりの近い距離に、胸が苦しくなる。

料理屋で働いていればこんな場面は幾度となく目にしており、それほど珍しくない。けれどそれが千隼さんと山科さんだということに、心が落ち着かない。まるで親密な関係であるのを見せつけられているようで、不安でたまらなくなる。

そんな私に気づいているのかはわからないが、千隼さんが申し訳なさそうな顔を向けてくる。

「悪い、小春。表まで山科を送ってくる」

「う、うん」

「山科、行くぞ」

千隼さんはなんとか彼女にバッグを持たせて、外に連れ出す。

足もとのおぼつかない山科さんは、酔いに任せて千隼さんにしなだれかかった。

そんな様子はとても見ていられなくて、すぐさま視線を逸らす。

けれど今は店員としてこの場にいるのだと思い出し、無理やり頭を切り替える。彼女の席を片づけようと、テーブルに近づいた。

「あっ、忘れ物」

床に落ちていた女性もののハンカチを拾う。位置からして、山科さんのものだろう。

「俺、届けてきます」

立ち上がりかけた櫛田さんを止める。

ふたりが密着しているところなんて見たくない。けれど、私が知らないところでどんなやりとりがされているのか気になるのも事実で、ハンカチを持って外に出た。

「え？」

店の入口を出たところで、足を止めた。

正面から少しはずれた位置に、一台のタクシーが止まっている。

そのドアの前で、ふたりは抱き合っていた。

千隼さんは私に背を向けており、どんな表情をしているかまではわからない。

彼の背に回された山科さんのほっそりとした色白の手は、これまで目にしてきた勝気な印象とは異なり、あまりにも儚げだ。

けれど指先にはぎゅっと力が込められており、彼女は千隼さんに必死にすがりついていた。

〝やめて〟と、ふたりの間に割って入りたいのに、足が動いてくれない。

体を離そうと身をよじった千隼さんだが、本気で拒絶しているようには見えなかった。丁寧に彼女の腕を離す様子からは、過去の親密な関係を想起させられる。

ふたりがともに過ごした時間は、私よりもずっと長い。こんな接触は何度も繰り返されてきたことなのだろうか。

ズキズキと痛む胸もとに、ぐっと手を押しあてる。

これ以上見ていられず、なんとか踵を返した。

入口の手前で大きく息を吐き出して、気持ちを落ち着かせる。それから、なんでもないふうを装って店内に戻った。

「櫛田さん、すみません。間に合わなかったので、渡しておいてもらえますか」

そう言うわりに千隼さんを伴っていない私に、一瞬、怪訝な顔をされる。

でも彼はすぐに表情を取り繕い、申し訳なさそうに眉を下げた。

「こちらこそ、なんかすみません」

ハンカチを差し出す私に、櫛田さんが恐縮する。

今夜の彼女の態度に、彼にも思うところがあったのか。もしかしてこのふたりも、千隼さんと山科さんの関係を知っているのかもしれない。

疑いはじめたらきりがなく、なにも信じられなくなりそうだ。

そそくさとその場を離れると、入れ違いで千隼さんが戻ってきた。

彼らはそれからすぐに解散し、千隼さんだけが残る。彼はすぐさまいつもの片隅の席に移動した。

「騒がしくしてすまなかった」

「ううん。大丈夫だから」

四人に、ほかの客の迷惑になるような態度はなかった。山科さんは少しばかり飲みすぎたかもしれないが、私にそれをとがめる権利はない。

聞きたいことはたくさんあるはずなのに、うまく言葉が出てこない。

下手に口を開けば感情的になって彼を責めてしまいかねず、唇をぐっと引き結んだ。

「今夜は、俺だけの特別はないのか？」

空気を変えるように、千隼さんがおどけた口調で尋ねてくる。

私が用意したおかずを求められているのだと、すぐに気づいた。

「まだ食べられそう？」

千隼さんから言ってくれたのだから素直に出せばいいのに、つい尋ね返していた。

こんなかわいくない態度ばかり取り続けていれば、山科さんの存在がなくても早々に嫌われるかもしれない。

「もちろん。それが一番の楽しみだから」

嫌な私でも、千隼さんは笑顔で受け流す。

でも普段ならうれしく感じるそんな言葉も、今夜は素直に受け取れそうにない。

曇った表情を見られないように、すぐさま彼に背を向けた。

それから食事を終えて、帰途に就く。

汗ばむくらいの陽気だというのに、彼はいつものように私の手を握った。

好きな人には幸せでいてほしい。そう願うのは本心なのに、彼が本当に望む相手が自分でない可能性を直視できないでいる。

つながれたこの手を、離さなくてはいけない時がくるのだろうか。

彼がなにも言わないのなら、私からも聞かないでおく。

結局これまでと同じように口を閉ざすと決めた自分の弱さに辟易する。でも彼を手放せそうにないから許してほしい。

私に向けられる千隼さんからのたくさんの優しさが、偽りではありませんように。

そう切に願いながら、彼の手をそっと握り返した。

妻としてふさわしくありたい

「再来月、ベルギーから賓客を招いてレセプションパーティーが開かれる予定なんだ」

千隼さんが山科さんたちとともに紅葉亭を訪れてから、一週間ほどが経った。

夕食後に飲み物を用意していたタイミングで千隼さんから告げられて、思わず手が止まる。

キッチンに立つ私に、背後から彼が近づいてくる。肩が触れ合うほど近距離に立たれて、ドキリとした。

「小春に、同伴をお願いしたい」

ついにその時がきたのかと、思わず背筋を伸ばす。

「え、ええ。もちろん」

震える声に緊張を感じ取った彼は、小さく苦笑しながら私の頭にぽんぽんと手をのせた。

「とりあえず、フランス語で簡単に挨拶ができれば大丈夫だ。あとは俺がフォローするから」

アイスティーを注いだグラスをふたつ手にした彼は、リビングへ向かっていく。その後に私も続き、並んでソファーに座った。

「最近はますます語学の勉強に熱が入っているみたいだし、小春なら大丈夫だ。信頼してるよ」

その無条件の信頼に、私も彼の特別になれたのかと安堵が胸を支配する。

千隼さんと山科さんの抱き合っている姿を見て、しばらくの間は落ち込んでいた。夏バテだという下手な言い訳を、彼が本当に信じていたかはわからない。ただ千隼さんはひたすら私の体調を案じていた。

ずいぶん心配をかけたに違いない。自分が彼の負担になっているという現状に、これではますますだめだと無理やり気持ちを切り替えた。

もし彼が山科さんに想いを残していようとも、今は私の隣にいてくれる。だから私も、自分のできうるすべてで千隼さんに応えたい。

そう固く決意すると、ようやく前を向けた。

「期待に応えられるようにがんばるから」

グラスを受け取りながら意気込む私に、千隼さんは「頼もしい」と笑みを浮かべた。

翌日。出席者リストに目を通しておいてほしいと、千隼さんから資料を手渡された。

「これが今回の参加者。主にベルギーの政治家に、在日大使もだな。こっちが日本側の出席者だ」

思ったよりも人数が多い。

国内の参加者には、ニュース番組で見聞きするような人物の名前もある。そんな面々を前に、失敗は許されないのだとあらためて気を引きしめた。

「それから、この日のために母さんが小春に着物を贈ってくれるそうだ」

「え？」

予想外の話に、驚きの声が漏れる。

義母の清香さんは子育てよりも人との付き合いを重視していたと聞いて、正直なところ会う前はどんな女性なのかと戦々恐々としていた。

結局、今でも数えるほどしか顔を合わせていないものの、私の中での印象はずいぶんと変わってきた。会えばにこやかに接してくれて、とくに嫌われているわけではないだろうと感じている。

容姿は千隼さんによく似た、上品で華やかな方だ。その見た目に反してフレンドリーな一面もあり、初対面から『小春ちゃん』と親しげに名前を呼んでくれた。

会うたび手土産を交換し、そのお礼を兼ねたメッセージのやりとりも数回交わしている。

「母さんは小春をずいぶん気に入っているみたいだ。先日発表された新作着物が小春に似合いそうだから、用意していいかと聞かれたんだ」

公の場で千隼さんの妻としてふさわしい格好をするべきだというメッセージかもしれないが、きっと優しい人なのだ。

「いいの?」

名家の出身だと聞く清香さんの派手やかな暮らしぶりから想像するに、きっと手軽に購入できるような価格ではないはず。おいそれと受け取ってよいものではないだろうと、実物を目にする前から察している。

「いいもなにも、それに合わせた小物まですでに購入しているそうだ。事前に知らせてきただけましだな。以前の母さんなら、突然物だけ送りつけてくるところだ」

苦笑する千隼さんだが、どこかうれしそうに見える。

普段目にするのは広大さんとの関係ばかりで気づいていなかったが、どうやら千隼さんと清香さんとの間も少しずつ変化しているようだとほっとした。

「じゃあ、今回は甘えてしまおうかな」

そこまでしてもらっては断れない。むしろ断ったら親不孝になりそうだ。

お返しを兼ねて千隼さんも広大さんも一緒に食事に誘ったら、彼女は快く応じてくれるだろうか。想像するだけで楽しみになってくる。

「ありがとう。そうしてくれると、あの人も喜ぶだろう」

清香さんに応えることで、千隼さんも満足そうだ。食事会は絶対に開こうとひそかに誓った。

それからは、時間のある限り出席者の情報を頭に叩き込んでいった。

一部の方は写真も添えられている。人の顔を覚えるのは得意とはいえ、外国の方の顔立ちとなるとやや難しくなる。それでもこの努力が千隼さんを支えることにつながると思えば、やる気があふれてきた。

忙しいにもかかわらず、彼も協力的でいてくれるのはすごく助かる。フランス語の勉強に付き合ってくれたり、ベルギーに関する話を聞かせてくれたりもした。

「今回は、経済交流に重きを置いた会になる」

ベルギーに進出している日本企業は、二百を超えている。今回の訪日には、日本とベルギー相互の経済や文化などの交流を促進する非営利団体の会長も参加するそうだ。

「訪日団の代表は、王女殿下が務められる。直接話す機会はないかもしれないが、殿下は教育にも力を入れている方だと知っておくといいかな」

レセプションに参加するだけでも緊張するのに、王女殿下など雲の上の人の話を出されてあぜんとする。さらに追加で、基本的なマナーも学んでおく必要がありそうだ。

でも千隼さんの手助けにつながるのなら、どれほど大変でも不思議と苦にならない。知識をつけるほど自信につながっていく。

そしてなにより、忙しくしていれば山科さんの存在を忘れられた。


レセプションパーティー当日になり、朝から着付けやヘアメイクに奔走し、慌ただしく過ごしていた。

清香さんから贈られたのは、薄い水色の生地に桜の花が描かれた華やかな着物だ。

『二十代の若さと既婚者の落ち着きを兼ね備えているでしょ』と彼女は言っていたが、本当に綺麗な柄で目を奪われた。海外からのお客様にも、きっと興味を持ってもらえるだろう。

「よく似合っているよ」

支度の整った私を見て、千隼さんが顔を綻ばせる。

慣れないため少しの苦しさはあるが、彼がこんな表情を見せてくれるだけで着たかいがあったというもの。

「ありがとう」

時間になり、会場内で彼の隣に立って訪問客を受け入れた。

最初は緊張で表情が引きつりかけていたが、千隼さんがさりげなく手を握って励ましてくれた。

訪れた招待客は、一様に華やかな装いをしている。中にはイブニングドレスをまとう女性も見られ、その美しい着こなしに感動して見惚れていた。

日常とはかけ離れた空間が広がっているが、ここで千隼さんの足を引っ張るわけにはいかないとハッとする。

背筋を伸ばして、声をかけてくれた招待客に向き合った。

彼に続いてフランス語で挨拶をする。それ以外は基本的に千隼さんが会話を進めているが、勉強のかいがあって内容が大まかに理解できた。

自分のしてきた努力は無駄ではなかったと実感できたことで、ずいぶん緊張もほぐれていく。

「小春、上々だ」

合間で千隼さんにそっと耳打ちされて、ほっとする。

〝クラースさん、お久しぶりですね〟

どうやら面識のある人だったようで、近くを通りかかったタイミングで千隼さんから声をかける。

瞬時に記憶をたどった。たしか、ベルギーの有力な議員だったはず。千隼さんとはベルギー在任中に知り合い、親しくさせてもらっていたという話も思い出した。

〝こちらが私の妻の小春です〟

〝初めまして。お目にかかれて光栄です〟

〝ベルギーにいる頃、彼はよくあなたの話を聞かせてくれましたよ。料理がすごく上手で、かわいらしい人だと。なあ〟

隣に立つ奥様に同意を求めると、彼女はにこやかにうなずいた。

〝クラースさん。それを妻の前で言わないでくださいよ〟

眉を下げて訴える千隼さんを、ふたりはおかしそうに笑った。

〝こんなに素敵な方なら、堅物の彼も惚気《のろけ》るはずだ〟

お世辞だとわかっていながら頬を熱くした私を見て、クラースさんは〝お似合いだ〟とご機嫌に笑った。

クラースさんとの会話を終えると、すぐさま別の男性が声をかけてくる。

〝ああ、セイナーヴェさん。お久しぶりですね〟

彼もまた、ベルギーの議員だ。

お互いのパートナーを紹介し合い、話題は千隼さんがベルギーにいた頃に日本大使館で開かれた晩餐会に移る。

〝──あのときいただいた日本酒は、最高だったよ〟

日本酒という単語に反応しつつ、聞き役に徹する。

〝ほら、数年前にブリュッセル国際コンクールに日本酒部門が新設されただろ？〟

なんのことかと千隼さんに視線を向ければ、国際的なワインコンクールだと教えてくれた。

〝会を重ねて、国内で日本酒がずいぶん浸透してきたと思っていた。だが、あの晩餐会の日本酒を飲んだら、まだまだ隠れた銘酒がありそうだと興味がわいてね〟

セイナーヴェさんは大のお酒好きのようで、晩餐会以来すっかり日本酒にはまっているのだという。ベルギーで日本酒のよさをもっと広めたいと意気込んでいる。

〝実は、妻の実家が日本酒を提供する料理屋を営んでいるんですよ〟

チラリと私を見た千隼さんが、話題のひとつとして提供する。

〝それはいい！　ぜひともお薦めの銘柄を教えてほしい〟

前のめりになる様子に、この方は本当に日本酒を好きでいてくれるのだと気分が高揚する。

〝お薦めをと言われると難しいのですが、店でお酒を提案するときは料理に合うものを考えるんです。濃い味のお料理にはすっきりした後味のお酒を。使われている調味料を考慮して、邪魔にならないものを。そんなふうに合うお酒をお薦めします〟

〝なるほど〟

〝料理だけでなく、季節によって冷酒と燗酒《かんざけ》のどちらを選ぶかという楽しみ方もあるんです。同じお酒でも、温度によってまた違った楽しみ方ができるんですよ〟

温度も「冷たい」「熱い」のひとくくりではなく、五度刻みで〝花冷え〟や〝日向《ひなた》燗〟など名前がつけられている。

〝それはおもしろい！　その繊細さがなんとも日本人らしい〟

〝料理に合わせてお薦めすれば、より日本酒に興味を持っていただけるかもしれませんね〟

好みの日本酒を数種類あげるのは可能だ。けれど私は、料理とセットで考える方が自然だと感じている。それは長年、祖父や父とともに紅葉亭で働いてきて培われた感覚だ。

〝素晴らしい！〟

大げさなほどの反応を見せたセイナーヴェさんは、それから真剣な顔になり、千隼さんと相談をはじめた。

専門的な言葉も飛び出し、十分には理解できない。けれどさっきの様子から想像するに、悪い話ではないのだろう。

しばらくして、話を終えた千隼さんが私の方を向いた。

「小春、お手柄だ」

私の話に興味を持ったようで、セイナーヴェさんは日本酒に詳しい人物といくつかの酒蔵を紹介してほしいと申し出たという。

ベルギー国内でさらに日本酒が流通するよう動きだすかもしれないと聞いて、想定外の話に逆に怖くなる。

「大丈夫だ、小春。彼はさらに、和食にも興味津々のようだ」

千隼さんが大丈夫だと言うのなら、それほど心配しなくてもいいのだろう。

日本の文化を世界に広めていきたいと、前に千隼さんが話してくれた。それは諸外国との相互理解のきっかけになり、よさを知り合えば争い事の抑止にもつながっていくからと。

話を聞いた当初は、国を背負う千隼さんたちにしかできない大きな仕事だと捉えていた。けれどさっきのセイナーヴェさんの興奮した様子を見て、微力とはいえ自分も千隼さんの願いを叶える貢献ができたのかもしれないと満足感でいっぱいになる。

「うまくいけば、販路拡大にもつながるだろう」

「役に立てたみたいでよかった」

よい流れに緊張もすっかりほぐれ、自然と笑みが浮かぶ。そんな私を、千隼さんは目を細めて見つめた。

それから何人かと言葉を交わした後に、彼は「すまない。少しだけ離れるが大丈夫か？」と申し訳なさそうにしながら人混みをすり抜けていった。

「小春さん、お疲れさまです」

千隼さんが立ち去って少ししたところで声をかけられ、ピクリと肩が跳ねた。

「お、お疲れさまです……山科さん」

彼女がこの会に参加することは、あらかじめわかっていた。大勢の人に紛れていればその姿を視界に捉えはしないだろうと踏んでいたが、まさか向こうから声をかけられるとは思っておらず、気まずくて仕方がない。

今夜の彼女は、ネイビーのシックなドレスをまとっている。落ち着いた中にも華やかさのある装いで、彼女のスタイルのよさが際立っている。

「私に指摘されてようやく自覚した、というところですか」

周囲に聞こえない程度の声量でそう言われたが、彼女と対面した途端に冷静さを欠き、なにを言われているのかうまく理解できない。

「遅いんですよ、今さら外交官の妻面《つまづら》したところで」

辛辣な物言いにようやく言いたいことがわかり、表情が引きつる。

「見ての通り、千隼先輩は人望もあって優秀な人なんです」

彼女の視線をたどると、複数の要人に囲まれた千隼さんの姿があった。そんな中にあっても彼は堂々としており、私の存在などまったく必要としていないように見える。

「あなたでは彼を支えきれない。現に、あの場へ同行するように求められていないじゃないですか」

私を伴っていては話がスムーズに進まない。私を置いてひとりで対応した方が効率的なのかもしれない。

こういう場には、パートナーの同伴が必須だと聞く。千隼さんくらいの年齢になれば、妻を伴う人も徐々に増えるだろう。

だから彼もとりあえず結婚を望んだのだろうかと、眠っていた不安が再び渦巻く。

セイナーヴェさんとのやりとりは、ビギナーズラックにすぎないことくらい私もわかっている。知識も経験も足りない私では、どうしたって同伴者として心許ないのは当然だ。

この場でしばらく私と過ごし、千隼さんとしては周囲に妻帯者であるアピールができている。まるで、これ以上私の存在は必要ないと突き放された気持ちになった。

〝ちょっといいかしら〟

暗い思考に陥りかけていたところで、近づいてきた女性に声をかけられる。ハッとした山科さんは、すぐに笑みを浮かべて会話に応じた。

数人を引きつれたその人は、パールホワイトのローブ・デコルテをまとっていた。襟もとが大きく開いた最上級の礼装だ。過度な装飾はないもののどこか気品があり、その雰囲気につられて気持ちが引きしまる。

〝まあ、素敵な着物ね。その花はサクラかしら?〟

〝え、ええ。そうです〟

緊張気味に返す。

〝私も滞在中に着物に挑戦してみたいわ〟

うっとりとそう口にした彼女に、山科さんは〝手配しますね〟とすぐさま応対した。

〝同年代の女性の意見も聞いてみたくて、声をかけたのよ〟

それから女性は本題を切り出した。

ところどころわからない単語も飛び出すが、聞き取れた言葉からどうやら教育について話しているようだと思われる。少しでも内容を掴むよう、必死に耳を傾けた。

教育は山科さんの専門ではないと思うが、女性の問いかけにすらすらと返している。

〝ベルギーでは、小学校での成績がその子の人生を大きく左右するのよ。成績が基準に満たなければ落第にもなるの。あなたはそんなベルギーの教育についてどう思うかしら？〟

不意に話を振られて、ギクリとする。

〝私は……幼いうちから学習の大切さを知ることができて、とてもよいと思います。けれど……〟

話している間中、山科さんの鋭い視線を感じる。怯みそうになるが、目の前の女性は興味津々といった様子で私を見つめており、続けないわけにはいかないようだ。

〝心身の発達途中の子どもたちに背負わせるには、少し荷が重いように感じました〟

正直な考えを伝えたところ、女性は〝聞かせてくれてありがとう〟と満足そうに微笑み返してきた。

「小春さん、ちょっといいかしら」

女性が立ち去ると、山科さんの表情から笑みが消える。

厳しい視線ととげのある口調にビクリとしながら、促されるまま彼女に従う。

そうして、パーティー会場の外へと連れ出された。

周囲に人はおらず、会場内の賑やかさが嘘のように静まり返っている。

彼女は入口から遠ざかり、私を壁際に追いつめた。それから怒りのこもった鋭い視線で私を睨みつけてくる。

「あなた、さっきの方が誰だかわかっているの？」

先ほどの女性は、偶然を装うようにして私たちに話しかけてきた。名乗らなかったのはマナー違反かもしれないが、意図あっての振る舞いだと察している。

おそらく、私たちが身構えないようにという配慮だったのだろう。それは終始親しみやすい雰囲気をつくり出していた彼女の態度が物語っていた。

背後に複数の人を従えて、あきらかに上質なドレスをまとう女性。話し方は穏やかで、けれど凛とした様子に芯の強さを感じた。

小さな仕草の一つひとつに気品があり、砕けた調子で話していてもその高貴さは滲み出ていた。そしてなにより、口にした話題は教育について。

「王女、殿下かと」

かすれる声でなんとか返す。

途端に、山科さんの目がますます吊り上がった。

「わかっていて、あの受け答えだったのね」

決して声を荒らげるわけではないものの、彼女の怒りが伝わってくる。その勢いに押されて身を縮こまらせた。

自分ではわからないが、なにか礼を欠いたのかと怖くなる。

ひとつの成功に気をよくして、少しばかり浮かれていたのかもしれない。あんなふうに自身の意見を述べてはいけなかったのだろうか。

「彼女は、自国の教育方針に誇りを持っているのよ。それを、素人の思いつきで批判まがいに返すなんて言語道断だわ」

殿下かもしれないと、話している途中で気がついていた。だからこそ自身のつたない考えを述べてよいものかと迷ったが、彼女の様子から忌憚のない意見を求めているようにも感じた。

「た、たしかに、国の方針とは逆の意見だったかもしれません。でも、失礼にあたるとまでは思いませんでした」

山科さんの勢いに気圧されながらも、なんとか伝える。

殿下に気分を害した様子はなかったはず。それどころか、別れ際は満足そうな顔をされていた。

けれどこうして責められれば、やはり間違っていたのかもしれないと不安になる。

殿下の反応は、表面上取り繕ったものだったのだろうか。立場のある人がむやみに感情を荒らげないのは当然で、私たちに見せていた反応は本心とは異なるものだったのかもしれない。

余計な話などしなければよかったと、今さらながらに後悔する。

「ベルギーで暮らすチャンスがあったというのに、あなたはそれをふいにした。最初から、彼を支える気なんてまったくないじゃないの」

もし私がベルギーに残っていたら、今日顔を合わせた方々との交流もさらに深められていたかもしれない。ベルギーの文化や教育なども、もっと理解できていたはずだ。

「なにも知らないにもかかわらず、少しくらい言葉を学んだからといって口出ししていいものではないわ。千隼先輩からも言われているんじゃないかしら。挨拶さえすれば、あとは隣にいるだけでいいと」

「それは……」

彼女の指摘に思わずたじろいだ。

たしかに彼は、挨拶ができれば後は自分がフォローすると言っていた。てっきりあれは初めて同伴する私への気遣いと捉えていたが、本当は余計なことをするなという牽制だったのか。

さっきの自分の発言が問題視されれば、千隼さんの迷惑になるレベルの話ではない。ようやくそう思い至り、さっと血の気が引いていく。

「今頃気づいたって遅いのよ」

恐怖で指先が冷たくなる。

「あなたの失敗は、そのまま先輩の落ち度だと見なされるわ。千隼先輩にとって迷惑にしかならないなんて、とんだ悪妻ね。すぐにでも別れて、彼を私に返し——」

「なにをしている」

山科さんに一方的に責められていたそのとき、割り込んできた声にハッとして、うつむきかけていた顔を上げる。

駆けつけてきたのは千隼さんだ。

「山科が小春を連れ出したと、櫛田が教えてくれたが」

心配そうに私を見つめた彼は、それから山科さんへ厳しい視線を向けた。

「体調が悪いとかそんな理由ではないだろう。これはどういうことだ。山科、説明してくれ」

そう言いながら彼女に場所を開けさせた千隼さんは、私の腕を引いて自身の半歩うしろに隠した。

視線を泳がせた山科さんは、それから覚悟を決めたように千隼さんに向き直る。

「小春さんは、あなたにふさわしくありません」

あらためて言われた言葉に、唇を噛みしめる。

「外交官であるあなたの妻となっても、家庭を守ることすらしない。少しばかり言葉の勉強をした程度で、王女殿下に意見までしたんですよ。後でどんな問題になるか」

千隼さんが私の方を振り返る。

「なにかあったのか？」

あくまで彼は心配そうにしているだけで、疑ったり非難したりする様子はない。

「そ、その、考えを聞かせてほしいと言われたので、思ったことを言っただけで……」

たしかに私の考えを伝えはしたものの、決して高圧的な態度を取った覚えはなくて、首を左右に振った。

そんな私に、彼は大丈夫だとでもいうようにうなずいた。

それでも安心はできず、握り込んだ手の内側が汗ばんでくる。

「王女殿下への発言はともかく、家庭のことまで山科に口出しされるいわれはない」

きっぱりと拒絶を示されても、山科さんは怯まない。

「私だったら、千隼先輩を全力で支えられるわ。あなたが仕事を辞めて家に入ってくれと言うのならすぐにそうするし、どこの国へも必ずついていく。親より先輩を優先する。絶対にあなたの足手まといにならない」

だんだん感情的になる山科さんを前にしても、千隼さんは表情をいっさい変えなかった。

「どうしてその人なんですか！」

彼女の心からの叫びに耐えきれず、ビクリと体が揺れる。

「山科家なら、あなたのうしろ盾にだってなれる。父だって千隼先輩を歓迎して、見合いの話を持ちかけたというのに」

「うしろ盾に、父親の歓迎。それが俺の結婚に、なんの関係があると？」

「え？」

あくまで冷静な姿勢を崩さない千隼さんに、山科さんが勢いを失う。

「そんなもの、俺は求めていない。それに妻となる女性には家庭に入ってほしいなど、まったく望まない」

「そ、そんな」

自分が家庭に入っていない申し訳なさから負い目に感じていたが、千隼さんから家にいてほしいと強要されたことなど一度としてない。

彼はいつだって私の希望を優先してきてくれたというのに、山科さんに揺さぶられて千隼さんは本心を明かしていないのだろうと思い込んでいた。

「二度ほど、山科家との縁談が持ち上がっていたな」

千隼さんは、ふと思い出したように話しはじめた。

「祖父も父親も大臣を務めるほどの山科家に、俺が提供できるものなどなにもない。両親の実家の影響力が欲しいと言われればわからなくもないが、自分の功績でもないものをあてにされても困るだけだ。むしろ俺自身は軽視し、ばかにされているようで気分が悪い」

「ばかにするだなんて」

山科さんにそんな気などないと、千隼さんだってわかっているのだと思う。

彼女の小さなつぶやきを、千隼さんは気に留めずに続けた。

「俺なんかより、〝山科家〟にふさわしい相手はいくらでもいたはずだ」

実際に、父親の秘書を務める男性との話があったと彼女自身が明かしている。彼女の出自を考えれば、それ以外にも縁談が持ち込まれていたかもしれない。

千隼さんとの話はタイミングが悪くて流れたように山科さんは言っていたけれど、実際は違うらしい。

彼の言い分から察するに、おそらく山科家からの申し入れは千隼さんに断られたのだろう。

「どうして俺と山科の縁談話が出るのか不思議だったが、あれは山科の私情からだったんだな」

ふたりの関係は、彼女に聞かされていたような親密なものではなかった。そう千隼さんの言葉に確信を深めていく。

「わ、私は、学生の頃からあなたがずっと好きで……」

千隼さんは、山科さんの告白に返事すらしなかった。

なにかに耐えるように、手を握りしめた山科さんを見つめる。

激情をやり過ごすと、彼女は再び口を開いた。

「あなたは私が告白しても受け入れてくれないと、わかっていました。だからお見合いという形で申し入れたのに、一度目はまだ早すぎると……」

彼女は本当に、千隼さんを好きだったのだろう。

長い付き合いを通して私以上に彼を理解しているだろうし、私の知らない千隼さんをたくさん見てきたはず。

告げられなかった想いは、消えるどころかどんどん大きくなっていったのかもしれない。

「ずっと待って、あなたが国内に戻ったタイミングでもう一度申し入れたというのに、考えてももらえなかった。それなのに、この人との結婚はすぐに決めてしまって」

山科さんが睨むように私を見てくる。

「どうして小春さんなの！　なんで私じゃだめなのよ」

悲痛な声音に、胸が痛む。

「この人が、本当にあなたにふさわしいのならあきらめるつもりでいたわ。けれど、小春さんは自分のやりたいことばかりを優先して、まったく先輩を顧みないじゃない」

自分にそんなつもりはなくても、他人からしたら夫を蔑ろにしているように見えたのかもしれない。

そう落ち込みかけていると、千隼さんがうしろ手に私の手を握ってくれた。

「納得がいかないから、先輩を返してもらおうと思ったのよ」

「そもそも俺は、山科のものになった覚えは一度もない」

山科さんがショックを受けたような表情になる。

「だ、だって……学生の頃から、私だけは特別だったじゃないですか。ほかの女性はいっさい近づけさせなくて」

「あれはあくまで、友人のひとりとしてだ。それに、俺から君に近づいたことは一度もなかったと断言できる」

親密どころか、友人と言っていいのかも怪しい希薄な関係性にひそかに安堵する。

山科さんには悪いけれど、私に対する彼女の言動にはずいぶんと苦しめられてきたのだから仕方がない。

「誰かに好意を寄せるのは、もちろん個人の自由だ。だが、相手の意思を無視して押しつけるのはあまりにも横暴だ」

吐き捨てるように言った千隼さんに、山科さんがぐっと言葉をのみ込む。

「どちらにしろ、俺は山科の気持ちに応えられない。それは学生の頃でも結婚前でも、答えは同じだった」

千隼さんにきっぱりと拒絶されて、山科さんは言葉を詰まらせた。

「それから、小春を巻き込むのは絶対に許さない。さっき漏れ聞こえた会話から察するに、こうして小春を責めるのは初めてではないんじゃないか？」

彼の視線に鋭さが増す。

山科さんは肯定も否定もせず、うつむき気味に黙りこくったままだ。

「そうなんだろ、小春」

打って変わって穏やかに問いかけられて、遠慮がちに小さくうなずく。

「俺は君の夫なのに、気づいてやれなくて本当にすまない」

眉を下げる彼に慌てて否定する。

「そ、そんな。千隼さんのせいじゃないし、黙っていたのは私だから」

問題があったのは、自分に自信がないゆえに彼を信じきれなかった私の方だ。

私は千隼さんの妻にふさわしくないと決めつけ、別れを切り出されるかもしれないとずっと怯えていた。勇気を出して聞けばいいものを、それすら怖くてできなかった。

「それについては、後で聞かせてくれ」

離れたところから聞こえる誰かの話し声に気づいて、周囲に視線を向ける。電話に応答しているその人の存在に、レセプションパーティーの最中だったと我に返った。

私はともかく、千隼さんが長く抜けていて大丈夫なのかと心配になったが、問題ないというようにつながれた手に力がこもる。

「山科のためにも、もう一度はっきりと言っておく。俺は山科の気持ちには応えられない。今後は二度と妻に不用意な接触をしないように。守られない場合は、こちらも黙っているつもりはない」

強く拒絶されて、山科さんが顔色を失う。

彼女も私も、千隼さんを好きだという気持ちは同じだ。それだけに、今にも泣きだしそうな山科さんを見ていると胸が苦しくなった。

「……申し訳、ありませんでした」

震える声で謝罪し、ゆっくりと頭を下げる。

顔を上げた山科さんは、千隼さんにも私にも視線を向けることなく静かに去っていった。

「はあ」

彼女の背が遠ざかり、千隼さんが大きく息を吐き出した。

「嫌な目に遭わせた。すまない、小春」

彼はなにも悪くないと、首を左右に振る。

「小春。帰ったら話がしたいが、今は気持ちを切り替えてあと少しだけ俺を支えてくれないか？」

私を頼りにしていると感じさせてくれる言葉に、胸が温かくなる。

「最後まできちんと務めさせてください」

王女殿下の件はどうなるのか、不安は尽きない。でもここで投げ出すなんて無責任なことはできず、彼とともに再び会場内へ入った。

なにか問題が起こっている様子はなく、ひとまず安堵する。

それから千隼さんと一緒に数人と言葉を交わし、レセプションパーティーは無事に終わりを迎えた。

帰り支度をはじめていた私たちのもとに、櫛田さんが近づいてくる。

「高辻さん、大丈夫でしたか？」

彼は気づかわしげに私を見ながら、千隼さんに問いかけた。

そういえば、私が山科さんに会場を連れ出されたのを千隼さんに知らせたのは彼だ。

櫛田さんは私が山科さんと面識があると知っているはずで、ふたりでいたのはそれほどおかしな場面ではなかっただろう。それなのに、どうしてそんな行動に出たのか。

「櫛田が教えてくれたおかげで助かった。ありがとう」

ふたりの会話がよくわからず、首をかしげる。

そんな私を見た櫛田さんが苦笑した。

「以前、高辻さんと一緒に紅葉亭へお邪魔させてもらったときに、山科の言動に違和感があったんです。アルコールに強いはずの彼女が、あんなふうに酔うなんてこれまではなかったし、やたらと高辻さんとの距離を詰めようとするから、なんか変だなって」

やはりあのときの彼女の言動は意図的なもので、私に対する牽制だったのだろう。

その後に千隼さんと抱き合っていた姿が脳裏によみがえり、不快感から眉間にしわが寄る。

ただそれも誤解がありそうだと、今なら冷静に考えられる。

あの日の山科さんは、酔いが回っていたことを利用して千隼さんにずいぶん馴れ馴れしかった。おそらく抱き合っていたのではなくて、千隼さんから見たら抱き着かれていたのだろう。

それに、彼はあの場でたしかに彼女を離そうとしていた。

その手つきが丁寧だったのは、普段の彼を知っていれば当然だ。優しい千隼さんが、いくら不本意な行動に出られたからといって乱暴なことをするはずがない。

「すまない。俺は彼女と飲む機会がそれほどなかったから、山科の不自然さに気づけなかった」

私が彼女の言動に嫌な思いをしていたと、表情から気づいたのだろう。

「ううん。もう大丈夫だから」

さっき彼女から守ってくれたから、モヤモヤとした気持ちはすっかり晴れている。

「勘違いならよかったんですが、ずっとそれが引っかかっていて。そうしたら小春さんが山科に連れ出される場面を見かけたので、念のため知らせせました。体調不良でもそうでなかったとしても、高辻さんに把握してもらっておいた方がよいでしょうし」

あの場に千隼さんが来ていなかったら、山科さんに一方的に責められて参っていたかもしれない。

「櫛田さん、ありがとうございます」

「俺からもあらためて礼を言わせてくれ。本当にありがとう」

「いいえ。高辻さんにはいつも助けられてばかりなので、これくらいは役に立たないと。それに、お礼と言うならまた紅葉亭へ連れていってくださいよ。あの店、本当に好きなんで」

彼の言葉がうれしくて、満面の笑みが浮かぶ。

「いつでもいらしてくださいね。今度、こっそりサービスしますから」

「ちょっと待て。小春の特別は俺だけのものだろ？」

浮かれる私に、千隼さんから苦情が入る。

独占欲を隠さない彼に、恥ずかしくて頬が熱くなった。

「なんですか、その高辻さんだけの特別って」

からかう口調の櫛田さんにますます羞恥心を煽られる。たまらず両手で顔を覆った。

「おふたりって、本当に仲がいいですよね。紅葉亭でも、たまにアイコンタクトを取ったりして。うらやましい限りです」

「結婚はいいものだよ。櫛田もがんばれ」

「あーあ。感謝されていたはずが、結局は惚気を聞かされてるし」

おどけて困った表情を浮かべた櫛田さんがおかしくて、千隼さんと顔を見合わせて笑った。


帰宅して部屋着に着替え、ようやくひと息つく。

慣れない和装に相当気を張っていたようで、体の節々がすっかり強張っていた。

「お疲れさま、小春」

気が緩んであくびが漏れそうになり、慌てて奥歯を噛みしめる。

「ココアの方がよかったかな?」

眠気は隠し通せたと思ったけれど、潤んだ瞳はごまかせなかったようだ。

差し出されたマグカップを受け取ると、芳ばしいコーヒーの香りが鼻をくすぐった。

「ううん。ありがとう」

隣に腰を下ろした千隼さんに、笑みを返す。

そっとひと口含み、ほのかな甘みにほっとした。

大役からは解放されたものの、彼とはまだ話すことがたくさんある。

楽しい話でないとわかっているから気は重いが、彼とちゃんと向き合いたい。

「千隼さん。あの、王女殿下は……」

まずは一番の懸念事項を切り出した。

国が主催する場での招待客への非礼など、絶対に許されない。

会場ではバタバタして確認できなかったが、とりあえず表立って問題が起きているようには見えなかった。けれど自分が知らないだけでクレームが入っているかもしれず、怖くて仕方がない。

「ん？　問題ないって言っただろ」

「でも……」

あの場に千隼さんは居合わせていなかった。だから彼がそう言ってくれるのは、慰めにすぎないかもしれない。

「あの方は、分け隔てなく気さくに振る舞われる。あちらから意見を求められて、それに答えただけなのに、問題になるはずがない」

「本当に？」

「ああ、大丈夫だ。たくさんの人と話せて有意義だったと、満足してお帰りになったと聞いている。クレームはいっさい言われていない」

あからさまに安堵する私に、千隼さんが苦笑する。

「そもそも、小春は相手を不快にさせる物言いをするような人じゃない。それは俺が一番よくわかっている。もし言動に不安があったら、あの場でひとりにするわけがないだろ？」

〝挨拶さえすれば、あとは隣にいるだけでいい〟

千隼さんにそう言われたのではないかと山科さんに言いあてられて、すごく悔しかった。けれど彼の真意はそうではなかったと、千隼さんが明かしてくれる。

「用件が済んだらすぐに戻るつもりだったが、何人かに囲まれて足止めをされていた」

心細かったよなと彼は言うけれど、裏を返せば私を信頼してくれたからこその判断だ。すぐに戻れなかった理由もわかってほっとする。

「……山科だが」

千隼さんが重々しい口調で切り出した。

その名前を聞いてピクリと肩を強張らせると、なだめるように私の手を握った。

「小春にたくさん嫌な思いをさせて、本当にすまなかった。彼女の気持ちに気づいていなかったなど、言い訳にもならない。山科を放置し続けてきた俺が悪い」

それから千隼さんは、学生時代からの話を聞かせてくれた。

「俺を名前で呼ぶのも、同じ名字の友人と間違わないようにと言われて、好きにさせてきた。今思えば、その友人の存在も定かではない。呼び方を区別するわりに、俺はその人物を一度も見たことがない」

たしかに山科さんの言うその友人が、千隼さんとも近い関係にあるからこそ呼び間違えないようにするのならわかる。

でも彼が知らないというのなら、なんだかしっくりこない理由だ。

「山科からは、実際に恋愛感情を示されることもなく……まあ、俺が気づかなかっただけかもしれないが。あくまで、先輩として慕ってくれていると思い込んでいた」

告白して断られるくらいなら、親を通して政略結婚に持ち込んだ方がいい。

それは普段の彼女からは想像もつかない弱々しい一面だった。

「見合いの話を断った後も、彼女自身が俺になにかを言ってはこなかった。それも今思えば、面と向かって断られないための逃げだったのかもしれないな」

親を通してのお断りなら、千隼さん本人に断られたわけではない。

そうでなくても、恋愛感情を挟んだ話でないのならフラれたのとも違う。

こじつけにすぎないけれど、そう考えたくなる気持ちはわからなくもなかった。

おまけに縁談の話があった後も、千隼さんは彼女に対して態度を変えていなかったようだ。それで彼に女性として拒否されたわけではないと、山科さんが捉えていた可能性もある。

広大さんにも以前聞いたが、多忙のため長く交際相手がいなかったと本人も教えてくれた。山科さんはずっと彼の近くにいたのだから、それも気づいていたに違いない。だからこそ彼女は、お見合いを断られても次のタイミングを狙えばいいと構えていたのかもしれない。

「小春が山科にされたことを教えてほしい」

千隼さんに請われて、ポツリポツリと話しはじめる。

「彼女は櫛田さんとお店に来てくれたの。私に気さくに接してくれて。でも櫛田さんが席をはずしたとき、千隼さんに関して話があるとカフェに誘われて、そこで……」

対面してすぐは和やかだったが、山科さんは態度を突然ガラリと変えた。

彼女は千隼さんと交際していたとはたしかに断言していなかった。けれど学生の頃から親密な関係にあった上に、私がいない間にベルギーでも会っていたと聞かされた。以来ずっと不安がつきまとい、今でも好き合っているのではと疑ってもいたと本音を明かした私に、彼はあらためて否定と謝罪をした。

「山科は、本当に後輩でしかない。俺が彼女に好意を抱くなど、一度もなかった。たしかにベルギーにも来て少しばかり話をしたが、それだけだ。食事すら一度もともにしていない」

信じてくれと強く主張するように、千隼さんが前のめりになって私の顔を覗き込む。

「学生時代からこれまで、向こうから言い寄られたこともまったくない。それに、俺も彼女に対して異性としての興味を持っていなかった。嫌な言い方になるが、自分にとって無害ならどうでもいいと放っておいたんだ。あの頃は試験勉強に集中したいのに、しつこく言い寄ってくる女性がいて辟易していたから」

彼らしくない、ずいぶん冷たい考え方だ。

けれど当時から千隼さんがモテていたのは想像にたやすくて、大変だったのも事実なのだろう。

もう十分にわかったからと何度もうなずくと、ようやく彼は納得してくれた。

「二度目は、千隼さんと待ち合わせて食事へ行こうと約束していた日で」

「小春は体調を崩したんだとばかり思っていたが、違ったんだな」

千隼さんが悔しそうな表情になる。

「正直に話せなくて、ごめんなさい」

「悪いのは小春じゃない」

すぐさま否定した彼は、私の手を握っていた自身の手に力を込めた。

「千隼さんが来る少し前に、カフェで待っていた私のところに山科さんがやって来たの。彼女は、千隼さんに私を持たせているから話し相手になってくれないかと頼まれたって言ってた」

「頼んでなんかいない。おそらく、小春が待っているからと櫛田の誘いを断っているのを聞いていたんだろう」

それすら彼女の嘘だったのかと驚く。

「山科さんには、千隼さんを返してほしいとまで言われたの。それで、私がいなければふたりは一緒になれたのかもしれない、とか考えるようになって」

勘違いさせられていたともう知っているが、あの頃の不安がよみがえって声がわずかに震える。

それに気づいただろう千隼さんが、隣からそっと抱きしめてくれた。

「小春、本当にすまなかった」

彼のまとった服を、ぎゅっと握る。

「時折、元気がないことに気づいていた。それなのに俺は、なにもしてやれなかった」

「私が正直に話さなかったから。千隼さんはいつだって私を気遣って、やりたいようにさせてくれた。だから私、あなたが必要としてくれるなら全力で支えていこうって、前向きになれたの」

忙しいにもかかわらず、彼はできる限り私との時間を優先してくれた。仕事帰りだって、まっすぐ自宅に帰ってくつろぎたいだろうに、私がいるからと頻繁に紅葉亭まで来てくれている。

冷静になってみれば、千隼さんの私への献身ぶりが見えてくる。彼を疑う要素などなにもなくて、自分がどれだけ山科さんの言葉に揺さぶられていたかわかってきた。

「俺は、自分のやりたいようにしただけだ」

わずかに体を離した千隼さんを、胸もとから見上げる。

「俺に、山科を責める資格はないのかもしれない」

どうしてかと、首をかしげる。

「〝相手の意思を無視して押しつけるのはあまりにも横暴だ〟とあのときは言ったが、それは自分にもあてはまる」

なにを言いたいのかがわからず、視線で問いかけた。

「俺は、紅葉亭で見かけた明るくて優しい小春にだんだん惹かれていったんだ」

「え？」

「小春には知らせていなかったが、あの見合いは俺が父さんに頼んで設けてもらった」

そんな事情は、誰からも聞いていない。てっきりお互いの父親が勝手にセッティングしたと信じ込んでいた。

そして千隼さんは、私が父親の友人の娘だからとりあえず話を受けたとばかり思っていた。

「あの頃には、すっかり小春を好きになっていた」

ストレートな言葉に、トクリと胸が高鳴る。

父らが交わしていた、認められるには伴侶が必要だというような会話も、一部の偏った考えの人の話だったのかもしれない。少なくとも千隼さんは違うのだと、今の真剣な顔をした彼を見ればわかる。

「だが、俺は今後も海外を行き来する生活になる。小春は紅葉亭を離れたくないだろうし、正樹さんもそんな相手では気がかりなはずだと、交際を申し込むのを躊躇していた。って、OKしてもらったわけでもないのに、もし結婚したらとまで考えるほど、俺にとって小春は特別な存在になっていたんだけどな」

気恥ずかしそうにする彼に、胸が甘く疼く。

「俺と一緒になってくれるのか、それとも断られるのか。少しの後悔もさせないために、最後の決断は小春自身にしてほしかった。だからあの見合いの席で、好きだとは言えなかった」

言ってくれていたらとも思うが、気持ちを伝えられなかったのは私も同じだ。

「知り合い程度の関係で俺が想いのままアプローチすれば、小春は本心を隠してしまうんじゃないかと考えていた。正樹さんへの遠慮もあっただろうし、不本意でも承諾しそうだと」

ひそかに千隼さんに想いを寄せてはいたけれど、彼の方にそんな気はないだろうと勝手に決めつけていた。

私は距離を縮める努力はしていなかった。それに父に将来を心配させていることも知っていたから、親が認める相手ならと最後は私が折れていたかもしれない。

「その懸念から、結婚するまでは一線を引こうと考えていた」

お見合い前はそれなりに気安い関係だったのに、急に淡々とした様子になった彼に、私は望まれていないのかと不安だった。

それでも随所で気遣いを見せられるからあきらめられなくなり、彼が望むのなら一緒にいさせてほしいと思った。

「結婚してからも、俺は小春をどんどん好きになっていった」

恥じらう私に、千隼さんが不意打ちで口づけてくる。

どうしてこのタイミングなのかと抗議の視線を向けたが、彼は私と目が合っただけでうれしくてたまらないというようにとろけた笑みを向けてきた。

「だからといって、すぐに体の関係を迫るようなことをしたくなかった。小春がなによりも大切だから、時間をかけて深く知り合っていきたいと考えていたんだ」

「その配慮は、初心者にはありがたかったです」

「とはいえ、帰国後に耐えきれずに迫ったが」

「そ、それは……」

ストレートに言わないでほしい。

言いかけた言葉をごまかそうと身じろいだが、そうはさせないというように、私の体に回された彼の腕に力がこもる。

「そ、その、私も嫌じゃなかったです」

間近から熱い視線に見つめられて絆されるように白状すると、彼の顔に笑みが広がる。そんな表情を見せられたら、自分の気持ちも知ってもらいたくなった。

「わ、私も、お見合いより前から、千隼さんが好きだったの」

恥ずかしさに耐えかねて、ぎゅっと瞼を閉じた。

私を抱きしめる彼の手に、いっそう力がこもる。

「小春」

私の髪に顔をうずめた千隼さんは、そのまま頬ずりをしてくる。彼の甘えるような仕草に、胸がときめいた。

「愛してる、小春」

ジワリと涙が滲む。贈られた言葉を噛みしめるように、千隼さんにぎゅっとしがみついた。

「ずっと、俺の隣にいてほしい」

胸がいっぱいで言葉で返せそうにない。代わりにとばかりに何度もうなずき返した。

しばらくして体を解放される。と思いきや、気を抜いた私を千隼さんはすばやく横抱きにした。

「きゃっ、千隼さん？」

慌てる私にかまわず、頬をひとなでした彼はいつになく真剣な顔をした。

「俺が温かな家庭に憧れを抱いているのは、知っているね？」

突然の切り出しに慌てて耳を傾けながら、こくこくとうなずく。

「うちの両親は、反面教師のようなものだ」

広大さんが千隼さんに絡みはじめたのは、彼がすっかり大人になってからだ。どう接すればいいのかわからなかった広大さんの不器用なちょっかいは、千隼さんにうっとうしがられてばかりだった。

けれどいくら邪険にされても、千隼さんと関わることをやめなかった。

ふたりの距離が縮まる過程を私は微笑ましく思っていたけれど、彼らの中にはさまざまな葛藤があったのかもしれない。でも千隼さんが父親を本心では慕っているのだと、その後のふたりを見ていれば明白だ。

「俺は笑顔にあふれた家庭を築きたい。それには隣に小春がいてほしいと強く望んだ」

なんだか照れくさくて、彼に抱き着いて顔を隠す。

「でも、それで小春を家に縛りつけるのは違う。自由を奪って小春から笑顔がなくなったら、意味がないんだ」

「いつも私のやりたいようにさせてくれて、本当にありがとう。私も、千隼さんと明るい家庭をつくっていきたいって思ってる」

顔をうずめたまま本心を伝える。

「なあ、小春」

背中をなでる彼の手が心地いい。

「そろそろ俺たちに、新しい家族が欲しいと思わないか？」

子どもを望んでいるのだと気づき、ピクリと肩が跳ねる。

「……それは、もちろん。私も欲しい」

小声で返すと、彼の手がピタリと止まる。

それからすぐさま立ち上がった彼は、「意見は一致したな」と仰々しい口調で言いながらすたすたと歩きはじめた。

「は？　え？」

振り落とされないように慌てて彼の首にしがみつきながら、困惑の声をあげる。

「ち、千隼さん？」

まっすぐに向かう先に、その意図を察知した。

寝室にたどり着き、優しくベッドに横たえられる。

私に覆いかぶさった千隼さんが、ニヤリと笑った。

「つくろうか。家族を」

急な展開に驚いて、目を見開く。けれど拒否するつもりはない。

小さくうなずき返した私を抱きしめた彼が、耳もとでささやく。

「愛してる、小春」

たまらず、私も彼を抱きしめ返す。

「私も、愛してる」

体を起こした彼は、色気のあふれる流し目を送りながら私の服に手をかけた。

するりと脱がされて、胸もとがあらわになる。恥ずかしくて身をよじろうとしたが彼に止められた。

最初から深く口づけながら、彼の手が胸をもみしだく。そのいつになく性急な様子に、強く求められているのを実感する。

私からも想いを返すように、彼の首に腕を回した。

「あっ……ん……」

熱い舌に口内を暴かれていく。もっと深くと、彼を引き寄せてねだった。

頭に手を添えられ、ますます口づけに没頭する。

想いが通じ合い気持ちが高ぶっているせいか、これまで以上に敏感になっている。彼に触れられるほどに、下腹部の疼きが止まらなくなる。

それから千隼さんは、自身の服を乱雑に脱ぎ捨てて再び覆いかぶさってきた。

「小春」

私を何度も呼びながら、体中に口づけていく。

「千隼さん……大好き」

恥ずかしくてなかなか伝えられない言葉も、今は抵抗なく言えた。

唇で胸もとを愛撫しながら、その手は下腹部をなでて下半身へ進んでいく。

すっかり慣らされてきた私の体は、彼の指を違和感なく受け入れた。

「あっ、あっ」

指の動きに合わせて、静かな寝室には私のあげる嬌声と水音が響いた。

恥ずかしがる余裕はない。二カ所同時に与えられる快感に終始体を震わせ続けた。

再び深く口づけられる。

「ん、んん……」

そのまま彼の指で絶頂に導かれて体を大きく反らせる。きつく瞼を閉じながら、広い背中にぎゅっとしがみついた。

「小春」

うっすらと目を開ける。

「いいか？」

その問いかけが子どもをつくることに対するものだと、真剣な彼の表情から受け取る。視線を逸らさないまま、しっかりとうなずいた。

千隼さんが私の中に入ってくる。そうしてひとつになると、体を密着させて抱きしめてくれた。

しばらくして、彼がゆっくりと動きだした。

「はぁ、んっんっ」

私を揺さぶりながら眉間にしわを寄せた彼の表情は、あまりにも艶めいている。千隼さんにそんな顔をさせているのが自分だと思うと、たまらない気持ちになる。

律動は激しさを増し、荒い息遣いと肌のぶつかり合う音が響く。

過ぎた快感を逃そうと頭を振る。

「も、もう……」

迫りくる大きな波には抗えそうにない。

「小春、小春」

切羽詰まった彼の声が、ますます快感を煽る。

「ああ……」

手指をぎゅっと握り込みながら、大きな渦に身を任せた。

同時に達した千隼さんが、私を包み込む。

「愛してる」

耳もとでささやいた彼を、いっそうきつく抱きしめた。

エピローグ

「なあ、小春。父さんはかまわないんだぞ」

「しつこいよ」

「だって、親子じゃないか」

休日の今日、話があるからとお互いの両親を食事に誘った。

清香さんの都合がつかなかったのは残念だが、近いうちに会いましょうと言ってもらえている。

食事中は和やかな雰囲気だったのに、今は少し険悪な空気が漂っている。

隣に座っている千隼さんは、私を落ち着かせようとテーブルの下で手を握ってくれた。が、しつこい父にげんなりして、私の口調は厳しくなる。

「そもそも、お父さんは戦力にならないじゃない。先週、久しぶりに実家に顔を出したら、洗濯の山がすごかったわ」

相変わらず父はルーズで、見たからには放っておけないとつい私が片づけた。

「と、父さんだっているし」

「高齢のおじいちゃんを、こき使おうって言うの？」

言葉に詰まる父に、ジト目を向ける。

「これはもう、決定事項なの！　誰がなんと言おうと、私の意思は変わりません」

「でもね、小春ちゃん。正樹が心配するのも無理は……」

遠慮がちに割り込んできた広大さんをチラリと見る。

睨みつけたわけでもないのに、彼の表情が引きつった。

「正樹さんも父さんも、そこまでにしてください。これは、俺たち夫婦で決めたことなんです」

小春も落ち着いてと言われて、小さく息を吐き出した。

「医師も、その時期なら飛行機に乗っても問題ないと言っています」

「むしろ身軽なうちにそうすべきだと思うの」

幾分か口調を和らげて、それでも言うべきことは主張しておく。

少し前に私の妊娠が判明し、同時期に千隼さんのカナダへの赴任が言い渡された。

初めての出産・育児を慣れない異国でというのは不安があったが、ついていくことに迷いはいっさいない。

「カナダは子どもの頃に住んでいたでしょ。まったく知らないわけじゃないわ」

うっすらとした記憶しかないとは、あえて明かさない。

「ベビーシッターの利用率も高いみたいだし、困ったときに頼れる手段はあるの」

決断するまでには、お世話になっている医師の意見を聞き、千隼さんともたくさん話し合った。

その結果、赴任する時期がちょうど安定期に入っている頃なのもあり、彼と一緒に移り住むことにした。

困り顔のふたりを目にして、ふっと肩の力を抜く。

「私だってね、お父さんたちに初孫をいち早く見せてあげたいんだよ。でも、それよりも父親である千隼さんと子どもを引き離したくないの」

父らが、孫かわいさだけで引き留めようとしているわけではないとわかっている。

ただ、また千隼さんと離れ離れになるのは私が受け入れられなくて、必要以上にむきになっている自覚はある。

「それに、俺はもう結婚して一人前になったしな」

しんみりとした空気を、千隼さんがわざとらしい口調で吹き飛ばす。

このタイミングで彼がそう付け加えたのは、私が偶然聞いた父らの話を明かしたからだ。私を勘違いさせたと彼が腹を立てたのを、ふたりも知っている。

「正樹さんも父さんも、子どもが生まれて落ち着いた頃に招待するから」

やわらかい口調で、千隼さんが諭す。

ふたりもようやく納得して、緊張を解いた。

「お父さんたちが心配してくれているのは十分わかっているの。気が立ってしまって、ごめんなさい」

落ち着きを取り戻した私に、父も広大さんも優しい表情でうなずき返してくれた。

帰宅してしばらくすると、千隼さんに清香さんから連絡が入る。なにを話しているかは不明だが、雰囲気は悪くないようだ。

リビングでくつろいでいると、電話を終えた千隼さんがやって来た。

「母さんが、ベビー服はどこのブランドがいいかって。気が早いよな」

ブランド名を聞くあたりが、なんとも彼女らしい。

「気にしてもらえてありがたいわ」

苦笑する千隼さんの腕を、ぽんぽんと叩く。

私の感覚では、それほど長く着られないものに高いお金をかけるのはもったいないと思う。ただ清香さんの好意を踏みにじりたくはなくて、素直に受け取ろうと決めている。

「この子が生まれたら、父さんたちは大騒ぎしそうだ」

まだペタンコの下腹部を、千隼さんがそっとなでる。

「元気に生まれてこいよ」

優しく言い聞かせる千隼さんに、そっと頭をもたせかけた。

「楽しみだね」

「ああ」

日本を飛び立つとき、父はまた号泣するのだろう。

そして『本当に向こうで出産するのか』とぶり返すに違いない。

その横で、広大さんがちょっと意地悪に千隼さんをからかう姿も目に浮かぶようだ。

ふたりは相変わらずなんだろうなあと、小さく笑った私の肩を千隼さんがぐっと抱き寄せた。

END

特別書き下ろし番外編

素直な彼女を引き出す方法　SIDE　千隼

一週間前に初めて小春が参加したレセプションパーティーは、大きな問題もなく実りあるものとなった。

彼女がセイナーヴェ氏に語った日本酒の話がかなり興味深かったようで、翌日、彼は都内の酒蔵に足を運んでいたほどだ。時間の都合上、今回は難しかったが、次に来日するときには紅葉亭に連れていってくれとまで言ってくれた。

ここのところとにかく多忙で、小春を紅葉亭に迎えに行けていなかった。今夜は久しぶりに早い帰宅が叶い、急ぎ足で店に向かう。

「こんばんは」

あらかじめ教えられていた裏口を開けながら、中へ声をかける。

「あっ、千隼さん。おかえりなさい」

奥から出てきた小春が笑顔で迎えてくれた。そのまま俺の手を引いて、座敷席へ連れていく。

正樹さんは年に数回、店休日に従業員の労をねぎらう会を設けている。今夜はちょうどその日で、さらに料理人の岡本さんが日本酒に関する資格に合格したお祝いも兼ねているのだという。

店の経営とは無関係な俺だが、小春の夫だというだけで『ぜひ参加してほしい』と言ってもらえる。さすがに最初は遠慮したが、『ここにいる皆が家族みたいなもんだろう』と正樹さんに言われて顔を出すようになった。なぜか俺の父親もその中に含まれている。

父はすでに到着しており、その手にはしっかりとグラスが握られていた。

「おお、千隼。遅かったな。こっちに座れって」

「いや。俺は小春のそばにいるから」

父の隣に座ろうものなら、どんどん飲まされて絡まれるに決まっている。さっさと離れた隅に腰を下ろした俺に、父は不満そうな顔をした。

「千隼君がそろったところで、あらためて乾杯するぞ」

正樹さんの声を受けて小春が立ち上がる。働き者の彼女は今夜も給仕係を買って出ているようだ。すぐさま酒を注いで回り、自身は烏龍茶の入ったグラスを持った。

「それじゃあ皆、お疲れさま。それから岡本君。酒ディプロマの合格おめでとう」

いっせいにグラスを掲げて、酒を口にする。それから拍手が沸き起こった。

酒ディプロマとは、日本酒と焼酎に関する知識や技量を評価する認定資格だ。

彼は義祖父の日本酒好きに影響されたようで、仕事の合間に資格取得に向けて奮闘してきたらしい。

俺がベルギーにいるときは小春にちょっかいをかけやしないかと警戒していたが、話してみれば気のいい青年だとわかった。もちろん、小春に対して邪《よこしま》な感情は抱いていない。

「そういえば、小春はそういう資格の取得は目指さなかったのか?」

彼女は義祖父から日本酒の話を聞くのが好きなようで、知識も豊富だ。たくさん飲むような感じではないものの、興味はあるはず。

「うーん、資格を取りたい気持ちはあったんだけどね」

歯切れの悪い小春に、なにか理由があるのかと首をひねる。

「小春、悪いがちょっと来てくれないか」

「はあい。ごめんね、千隼さん。行ってくるわ」

正樹さんになにか頼み事をされた小春は、厨房へ入っていった。

たまに席へ戻ってきては料理を摘まみ、再び呼ばれて立ち上がる。終始忙しくしていた小春だったが、彼女にとっては苦ではないようで楽しそうに立ち回っていた。

そんな小春が、帰る頃になんだか様子がおかしくなっていた。

「お父さん。明日は朝のうちにちゃんと洗濯をするのよ。今日の片づけは私が早く来て手伝うからいいけど、まとめたごみはちゃんと時間までに出さなきゃだめだからね！」

正樹さんに対するお小言は、それほど珍しくはない。けれど今夜はなんだか目が座っており、口調も強い。

「あ、ああ。わかった」

彼女の気迫に、正樹さんも顔を引きつらせている。

「小春。正樹さんも疲れているから、な」

なだめると、俺の方を向いた小春は打って変わってうれしそうな笑みを浮かべた。

「うん」

かわいらしい反応はよしとして、その変わり身の早さに違和感を覚える。

なにかおかしくないかと正樹さんに視線で問いかけたところ、苦笑で返された。

「間違えて酒を飲んだみたいだ」

言われてみれば、小春の目じりはほんのり赤らんでいる。

「飲めないわけじゃないが、小春は酔うと……いつも以上に素直になるというか」

言いよどむ正樹さんに、なんとなく察する。

彼に対するお小言も、普段ならもう少しオブラートに包んだ優しい口調で言っているはずだ。今はアルコールのせいで箍《たが》がはずれてしまったのだろう。

「小春が、日本酒関係の資格に興味があるのに挑戦しないのは……？」

「味に関する出題もあるし、ものによっては試験でテイスティングがあるからな。小春はグラス一杯もあればできあがる」

苦笑する正樹さんを気にもしないで、小春は俺に腕を絡ませながらふにゃりと無防備な笑みを浮かべた。

「千隼さん」

俺に会えてうれしくてたまらない。そんな表情でねだるように名前を呼んでくる。

「すまないが、連れて帰ってやってくれ」

苦笑いを浮かべた正樹さんに、さすがにこちらも気まずくなる。そのままタクシーに乗り込んでまっすぐに帰宅した。

「千隼さんだあ」

酔いの覚めない小春は、相変わらず俺にべったりくっついている。

こんなかわいい酔っ払いなら大歓迎だが、さすがに俺以外には見せられない。

風呂の準備ができるまでソファーでくつろごうかと思っていたが、座った途端に小春が俺の膝に上がってきた。

「だぁいすき」

胸もとにぺたりと頬をつけて、さっきからそんなことばかり言ってくれる。

「小春」

「ふあい」

髪をなでながら呼ぶと、顔を上げた彼女はとろけた顔で返してきた。

「一緒に風呂に入ろうか」

帰国して以来、何度も彼女を抱いた。

けれど、風呂だけはどうしても一緒に入ってくれない。恥ずかしいと、いつも逃げられてしまっていた。

「んー」

今夜なら許してくれるかもしれない。そんな下心を隠して、首をかしげた小春をじっと見つめる。

「だめか？」

俺の懇願に小春が弱いのは把握済みだ。

満面の笑みを浮かべた小春に、心の中でガッツポーズをする。
この後ついかまいすぎたのは、かわいすぎる小春が悪い。
ベッドに横たえると、彼女はすぐさま寝入った。
酔っている最中はふわふわしていた小春だが、記憶はしっかりあるらしい。
明日の朝、目が覚めた彼女はどんな反応をするのだろうか。
そんな楽しみを胸に、小春を抱き寄せながら眠りについた。
「千隼さんとならいいよ」

未来の約束

「うっ、うっ」

リビングの一角から、小さな声が聞こえてきた。それに反応して身じろいだ私を千隼さんが手で制す。

「俺が見てくるから、小春はゆっくりしていて」

私の額にすばやく口づけた千隼さんは、さっと立ち上がって小さなベッドへ近づいていった。

八カ月ほど前に、私は千隼さんについてカナダへ渡った。

日本大使館のあるオタワ市は、歴史と行政の中心地と称されている。たくさんの観光スポットも有しており、千隼さんは街中を流れるリドー運河やノートルダム大聖堂へと連れていってくれた。

ゆったりとした妊婦生活を過ごした後、三カ月前に元気な男の子を出産した。それからは昼夜に関係なく世話に明け暮れ、目の回るような忙しい日々を過ごしている。

最近はようやく夜間にまとまって眠ってくれるようになってきたが、夜泣きに悩まされる日もある。昨夜も突然泣きだして、再び眠りにつくまで一時間近くあやした。

「どうした、湊《みなと》」

声をかけながら、千隼さんが息子を抱き上げる。そうして今にも泣きだしそうな湊に、優しく頰ずりした。

相変わらず多忙な千隼さんだが、子育てに積極的に関わってくれる。今日のような休日は、私を休ませようとさらに家事も請け負ってくれるから大助かりだ。

慣れた手つきでおむつを替えて、すっかりご機嫌になった湊を抱いたまま私の隣に戻ってくる。

そろそろおなかもすいてきたのだろう。彼から湊を受け取って授乳をした。

ふっくらとしてきた頰がかわいくて、ふたりしてつい指で触れてしまう。その愛らしい姿を見ているだけで、日頃の疲れは吹き飛んでいくようだ。

おなかが膨れても、湊に眠る様子はない。マットの上に湊を下ろし、千隼さんが頰やおなかをくすぐるようにしてあやしてくれた。

しばらくした頃、玄関のチャイムが鳴り響いた。湊はピクリと反応したものの、泣きはしなかった。

人が来る予定はなく、首をかしげながら千隼さんが玄関に向かう。開けた扉の向こうから、少し高い女性の声が聞こえてきた。

「来ちゃった」

「は？」

千隼さんが驚きともあきれとも取れるような声をあげる。

いったいどうしたのかと、湊を抱き上げて私も玄関へ急ぐ。

彼の向こうに立っていたのは、なんと義母の清香さんだった。

「俺はなにも聞いていないぞ」

振り返って視線で確かめてきた彼に、私も知らなかったと首をぶんぶん横に振る。

「やあねえ、野暮用があったついでよ」

清香さんのほんのちょっと近所まで出かけてきたような軽い物言いに、千隼さんの眉間にしわが寄る。

「相変わらずだな。先に連絡をするのが常識だろ」

千隼さんは不満げにそう言いながら、来てしまったものは仕方がないと清香さんを室内に促す。

私と視線を合わせた彼は、困り顔で肩をすくめた。

「この子が湊君ね。かわいいじゃない」

私が息子を抱いているのに気づき、清香さんが声をあげる。

彼女と顔を合わせた機会は数えるほどしかないが、とにかく気さくな人でぐいぐいと距離を詰めてくる。広大さんとも千隼さんともまったくタイプが違う、天真爛漫な彼女が私は大好きだ。

「母さん、大きな声で湊を驚かせるなよ」

お茶を出しながら、千隼さんが苦言を呈す。

「あら、ごめんなさいね」

私から湊を受け取った清香さんは、悪気のない様子で彼を軽くあしらった。

彼女とは初対面となる湊だが、泣きだす様子はない。

真ん丸な目にじっと見つめられた清香さんが頬を緩ませた。

「まあ、本当にかわいいわ」

彼女は千隼さんの子育てにそれほど関わってこなかったと聞いている。

それでも子どもは好きなのかもしれない。少々ぎこちない様子はあるものの、体を揺らして湊をあやしてくれた。

「このくりくりとした目は小春ちゃんに似たのね」

かわいい息子に似ていると言われてうれしくないはずがない。

「ああ、このきりっとした眉は完全に千隼だわ」

目を細めて湊を見つめながら、清香さんが明るい口調で言う。

その瞬間、視界の端に千隼さんが顔を上げたのを捉えた。

清香さんと千隼さんは、実の親子でありながらその関係は希薄だった。私と結婚したのをきっかけに多少は交流が増えたが、それでも密な間柄ではない。

そんな母親から息子と自分が似ていると言われるなど、千隼さんにとっては意外だったのだろう。こっそり彼をうかがったところ、心なしか口角が上向いている。

「この子はふたりのいいとこ取りをしたのね」

偽りも忖度もない清香さんの言葉に、自然と笑みが浮かぶ。

「お義母さんと千隼さんって、私から見たら顔立ちがそっくりなんですよ。だからこの子は、お義母さん似でもあるんです」

そう言った私に、彼女はうれしそうに笑った。

明日から清香さんは、カナダ在住の友人とともに観光に出かけるという。おそらく野暮用というのは方便で、私たちに会いに来てくれたのだろうと帰り際になって気づいた。

湊と存分に触れ合った清香さんは、たくさんのプレゼントを残して颯爽と帰っていった。

「母さんが突然すまなかった」

温かいお茶を入れ直しながら、千隼さんが申し訳なさそうに眉を下げる。

「ううん。お話しできて楽しかった。それに湊もずいぶんかわいがってくれたし」

リビングに置いた小さなベッドに視線を向ける。

清香さんの来訪で興奮した湊は、途中からぐっすり寝入っていた。

「母さんが、あんなふうに孫に接するなんて意外だった」

子育てには興味がないのかと思いきや、彼女は私が湊を近づけたときに戸惑いなく受け取った。あやし方はあきらかに不慣れだったものの、いやいやといった様子はまったくない。

彼女は湊を前に、終始顔を綻ばせていた。

「湊の眉は、千隼さん譲りなんだって」

隣に座った彼の肩にそっと頭をのせる。千隼さんは私の肩に腕を回して抱き寄せた。

「そんなところに気づくなんて意外だった」

うなずいて彼に同意する。

それが察知できるくらいには、清香さんは千隼さんを見ていたということだ。

彼女なりに、千隼さんを愛していたのだろう。

寂しい思いをした彼の過去は変えられない。ずいぶん時間は経ってしまったけれど、それでも母親が自分に無関心だったわけではないと知れたのは本当によかったと思う。

「お父さんたちにも、早く会わせてあげたいな」

「そうだな」

ふたりで会いに行くと言ってくれているが、とくに広大さんの都合がなかなかつかず、まだ実現できていない。

「祖父母になかなか会わせてあげられないのは残念だけど、そのぶん私たちが湊をいっぱい愛してあげようね」

「ああ」

肩に添えられた彼の手に力がこもる。

息子に自分と同じ思いをさせたくない。面と向かっては言わないものの、千隼さんがそう願っているのはわかっている。

「湊が寂しがらないように、きょうだいもつくってやらないとな」

「え？」

顔を上げた私に、千隼さんが口づける。

「賑やかな家庭は、俺の憧れなんだ」

自身の方へ体を向けさせて、千隼さんは両腕の中に私を閉じ込めた。

穏やかな笑みを浮かべているのに、その瞳の奥に熱がこもっているように見えるのは気のせいだろうか。

「そ、その。しばらくは無理だけど、いずれは……ね？」

ひとりっ子だった私にとって、きょうだいの存在は憧れだ。

「ああ、約束だ」

幸せそうに微笑んだ千隼さんが、再びそっと私に口づけた。

END

あとがき

はじめまして。そうでない方は、あらためましてこんにちは。Ｙａｂｅと申します。

このたびは『愛を秘めた外交官とのお見合い婚は甘くて熱くて焦れったい』をお手に取っていただき、ありがとうございます。楽しんでいただけたでしょうか。

今回のヒーローを外交官にしようと決めて、たくさんの下調べをしました。その中で〝アニメ外交〟という言葉に出会ったところまではよかったんです。でもそこから発展して〝推し活〟に触れてからというもの、どんどん横道に逸れていきました。

「推しが！」とよく口にしている子どもに話を聞いてみたのが間違いでした。「アクスタがね」「箱推しって言ってね」と聞き慣れない言葉を連呼され、「この音ゲーがね」と誘われて挑戦してみたらまんまとはまりました。気づけば親子そろってペンライトを両手に推しのイベントに参加している始末。

刊行までのスケジュールを提案されて、真っ先に確認したのが推し絡みのイベント日程。まさか重要な学校行事を見落としていたなんて、口が裂けても言えません。

おそらくこの夏には、推しの缶バッジがぎっしりと詰まった痛バッグとペンライトを手に某会場に出没していると思われます。

本作の執筆をきっかけに新しい世界が開けたのはよいのですが、一気に増えた誘惑に太刀打ちできるのか不安しかありません。

そんな魅力的な日本の文化が、今後もさらに世界に広がっていきますように。

本作の表紙を担当してくださったのはＮＯＵＬ先生です。周囲を牽制するようなヒーローの鋭い視線がたまりません！　まさしく千隼のイメージ通りでした。素敵に描いてくださり、ありがとうございます。

最後になりますが、書籍化に関わってくださったすべての方々に感謝申し上げます。自分では思いつかないアドバイスをたくさんいただき、物語をより素敵に仕上げることができました。

そして、この作品をお手に取ってくださった読者の皆様。あらためまして、ありがとうございます。

またどこかの会場でお目に……いえ。新作でお目にかかれるように精進してまいります。

Ｙａｂｅ《やべ》

Yabe先生への
ファンレターのあて先

〒104-0031
東京都中央区京橋1-3-1
八重洲口大栄ビル7F
スターツ出版株式会社　書籍編集部　気付

Yabe先生

本書へのご意見をお聞かせください

お買い上げいただき、ありがとうございます。
今後の編集の参考にさせていただきますので、
アンケートにお答えいただければ幸いです。

下記URLまたは二次元コードから
アンケートページへお入りください。
https://www.ozmall.co.jp/enquete/IndexTalkappi.aspx?id=2301

この物語はフィクションであり、
実在の人物・団体等には一切関係ありません。
本書の無断複写・転載を禁じます。

愛を秘めた外交官とのお見合い婚は甘くて熱くて焦れったい

2024年6月10日　初版第1刷発行

著　者　Yabe

発行人　菊地修一
デザイン　カバー　ナルティス
フォーマット　hive & co.,ltd.
校　正　株式会社 文字工房燦光
発行所　スターツ出版株式会社
〒104-0031
東京都中央区京橋1-3-1　八重洲口大栄ビル7F
TEL　03-6202-0386（出版マーケティンググループ）
TEL　050-5538-5679（書店様向けご注文専用ダイヤル）
URL　https://starts-pub.jp/
印刷所　大日本印刷株式会社

Printed in Japan

乱丁・落丁などの不良品はお取替えいたします。
上記出版マーケティンググループまでお問い合わせください。
定価はカバーに記載されています。

ISBN 978-4-8137-1595-5　C0193

ベリーズ文庫 2024年6月発売

『御曹司と再会したら、愛され双子ママになりまして～身を引いたのに一途に迫られています～【極甘婚シリーズ】』皐月《さつき》なおみ・著

双子のシングルマザー・有紗は仕事と育児に奔走中。あるとき職場が大企業に買収される。しかしその副社長・龍之介は2年前に別れを告げた双子の父親で…。「君への想いは消えなかった」――ある理由から身を引いたはずが再会した途端、龍之介の溺愛は止まらない！　溢れんばかりの一途愛に双子ごと包まれ…！

ISBN 978-4-8137-1591-7／定価781円（本体710円＋税10%）

『鉄仮面CEOの溺愛は待ったなし！～"妻業"始めたはずが、旦那様が甘やかし過剰です～』にしのムラサキ・著

世界的企業で社長秘書を務める心春は、社長である玲司を心から尊敬している。そんなある日なぜか彼から突然求婚される！　形だけの夫婦でプライベートも任せてもらえたのだ！と思っていたけれど、ひたすら甘やかされる新婚生活が始まって!?　「愛おしくて苦しくなる」冷徹社長の溺愛にタジタジです…！

ISBN 978-4-8137-1592-4／定価792円（本体720円＋税10%）

『望まれない花嫁に愛満ちる初恋婚～財閥御曹司は想い続けた令嬢をもう離さない～』吉澤《よしざわ》紗矢《さや》・著

幼い頃に母親を亡くした美紅。母の実家に引き取られたが歓迎されず、肩身の狭い思いをして暮らしてきた。借りた学費を返すため使用人として働かされていたある日、旧財閥一族である京極家の後継者・史輝の花嫁に指名され…!?　実は史輝は美紅の初恋の相手。周囲の反対に遭いながらも良き妻であろうと奮闘する美紅を、史輝は深い愛で包み守ってくれて…。

ISBN 978-4-8137-1593-1／定価781円（本体710円＋税10%）

『100日婚約なのに、俺様パイロットに容赦なく激愛されています』藍里《あいさと》まめ・著

航空整備士の和葉は仕事帰り、容姿端麗でミステリアスな男性・慧に出会う。後日、彼が自社の新パイロットと発覚！エリートで俺様な彼に和葉は心乱されていく。そんな中、とある事情から彼の期間限定の婚約者になることに!?　次第に熱を帯びていく彼の瞳に捕らえられ、和葉は胸の高鳴りを抑えられず…！

ISBN 978-4-8137-1594-8／定価803円（本体730円＋税10%）

『愛を秘めた外交官とのお見合い婚は甘くて熱くて焦れったい』Yabe・著

小料理屋で働く小春は常連客の息子で外交官の千隼に恋をしていた。ひょんなことから彼との縁談が持ち上がり二人は結婚。しかし彼は「妻」の存在を必要としていただけと聞く…。複雑な気持ちのままベルギーでの新婚生活が始まると、なぜか千隼がどんどん甘くなって!?　その溺愛に小春はもう息もつけず…！

ISBN 978-4-8137-1595-5／定価770円（本体700円＋税10%）

ベリーズ文庫 2024年6月発売

『気高き不動産王は傷心シンデレラへの溺愛を絶やさない』晴《はる》日《ひ》青《あお》・著

OLの律はリストラされ途方に暮れていた。そんな時、以前一度だけ会話したリゾート施設の社長・悠生が現れ「結婚してほしい」と突然プロポーズをされる！しかし彼が求婚をしてきたのにはワケが合って…。愛なき関係だとバレないために甘やかされる日々。蕩けるほど熱い眼差しに律の心は高鳴るばかりで…。

ISBN 978-4-8137-1596-2／定価770円（本体700円＋税10%）

『虐げられた芋虫令嬢は女嫌い王太子の溺愛に気づかない』やきいもほくほく・著

守護妖精が最弱のステファニーは、「芋虫令嬢」と呼ばれ家族から虐げられてきた。そのうえ婚約破棄され、屋敷を出て途方に暮れていたら、女嫌いなクロヴィスに助けられる。彼を好きにならないという条件で侍女として働き始めたのに、いつの間にかクロヴィスは溺愛モード!?　私が愛されるなんてありえません！

ISBN 978-4-8137-1597-9／定価792円（本体720円＋税10%）

ベリーズ文庫 2024年7月発売予定

Now Printing

『欲しいのは、君だけ　エリート外交官はいつわりの妻を離さない』佐倉伊織《さくらいおり》・著

都心から離れたオーベルジュで働く一華。そこで客として出会った外交官・神木から3ヶ月限定の"妻役"を依頼される。ある政治家令嬢との交際を断るためだと言う神木。彼に惹かれていた一華は失恋に落ち込みつつも引き受ける。夫婦を装い一緒に暮らし始めると、甘く守られる日々に想いは膨らむばかり。一方、神木も密かに独占欲を募らせ溺愛が加速して…!?

ISBN 978-4-8137-1604-4／予価748円（本体680円＋税10%）

Now Printing

『タイトル未定（パイロット×お見合い婚）』田崎《たさき》くるみ・著

呉服屋の令嬢・桜花はある日若き敏腕パイロット・大翔とのお見合いに連れて来られる。断る気満々の桜花だったが初対面のはずの大翔に「とことん愛するから、覚悟して」と予想外の溺愛宣言をされて!?　口説きMAXで迫る大翔に桜花は翻弄されっぱなしで…。一途な猛攻愛が止まらない【極甘婚シリーズ】第三弾♡

ISBN 978-4-8137-1605-1／予価748円（本体680円＋税10%）

Now Printing

『タイトル未定（ホテル王×バツイチヒロイン×偽装恋人）』高田《たかだ》ちさき・著

夫の浮気によってバツイチとなったOLの伊都。恋愛はこりごりと思っていたある日、ホテル支配人である恭也と出会う。元夫のしつこい誘いに困っていることを知られると、彼から急に交際を申し込まれて!?　実は恭也の正体は御曹司。彼の偽装恋人となったはずが「俺は君を離さない」と溺愛を貫かれ…！

ISBN 978-4-8137-1606-8／予価748円（本体680円＋税10%）

Now Printing

『タイトル未定（心臓外科医×契約夫婦）』緒莉《おり》・著

小児看護師の佳菜は病気の祖父に手術をするよう説得するため、ひょんなことから天才心臓外科医・和樹と偽装夫婦となることに。愛なき関係のはずだったが――「まるごと全部、君が欲しい」と和樹の独占欲が限界突破！　とある過去から冷え切った佳菜の心も彼の溢れるほどの愛にいつしか甘く溶かされていき…。

ISBN 978-4-8137-1607-5／予価748円（本体680円＋税10%）

Now Printing

『契約結婚か　またの名を脅迫』山野辺《やまのべ》りり・著

OLの希実が会社の倉庫に行くと、御曹司で本部長の修吾が女性社員に迫られる修羅場を目撃！　気付いた修吾から、女性避けのためにと3年間の契約結婚を打診されて!?　戸惑うも、母が推し進める望まない見合いを断るため希実はこれを承諾。それは割り切った関係だったのに、修吾の瞳にはなぜか炎が揺らめき…！

ISBN 978-4-8137-1608-2／予価748円（本体680円＋税10%）

タイトル、価格等は変更になることがございますのでご了承ください。